Jede Station, jedes Tableau in dieser Erinnerung an ein Künstlerleben ist auch eine Station der neueren deutschen Geschichte. Es geht um Ruhm und die neue Religion der Provokation, um Auffallen und Anerkennung. Geht es dabei auch komödiantisch zu? Korrekt, es geht. Spott, Ironie und das Große Stille Lachen vor Gericht sind notwendige Facetten dieser Inszenierung. »Denn nur, wenn man beim Betrachten oder Hören oder meinetwegen auch beim Lesen eines Werkes der Kunst nicht an Kunst denken muss, und zwar keine einzige, nicht einmal den Bruchteil einer Sekunde lang, erst dann begreift man Kunst«, lässt Spengler seinen Freund Immendorff behaupten.

»Ein großes Vergnügen. Der Text liest sich amüsant wie wundersam sirrender Nonsense, gibt aber auch die Gewissheit, dass Immendorff und die Situationen genau getroffen sind, sozusagen mit genauer Zärtlichkeit. Ich stelle mir immer wieder Immendorff selbst vor, wie er die Texte liest und ins Kichern gerät, weil er sich völlig wahrgenommen und gleichzeitig auf die Schippe genommen fühlt.« Sten Nadolny

Tilman Spengler und Jörg Immendorff erfinden eine Geschichte, fotografiert von Jim Rakete im April 2004.

TILMAN SPENGLER

WAGHALSIGER VERSUCH, IN DER LUFT ZU KLEBEN

Roman

BERLIN VERLAG

ABSCHIED

Bei seiner Totenfeier blickt Immendorff, der übrigens heute, wir schreiben den 14. Juni 2007, Geburtstag hat, aus seinem Selbstporträt, genauer betrachtet, aus dem Schnabel eines silbernen Vogels, vielleicht dem eines Kakadus, keinesfalls eines Adlers, auf Abschiednehmende und Trauerredner. Man kann bei diesem Schnabel auch an ein hochgeklapptes Visier denken, dargestellt wie übereinandergelegte Scherenschnitte einer mittelalterlichen Rüstung.

Recht besehen schaut Immendorff zunächst auf eine fast unbenutzte Palette, die von einer Kerze beleuchtet wird. Diese Kerze verschenkt ihr Licht auf hellgelbem Grund, dessen halbes Rund wiederum an einen Heiligenschein erinnert, wenn Gerhard Schröder, Markus Lüpertz und andere Würdenträger an das Rednerpult unter seinem Bild treten.

Immendorff hat sich sein Gesicht zum Antlitz eines melancholischen Pierrots geschminkt, allerdings mit einem knallroten Mal auf der rechten Wange, ein wenig Commedia, ein wenig Tragedia dell'arte, doch kein Zweifel: der Künstler verfolgt das Geschehen mit gespannter Aufmerksamkeit. Denn der Tod ist immer auch Abrechnung.

Die zahlreichen Gäste in der Alten Nationalgalerie auf der Berliner Museumsinsel sitzen dicht gedrängt. Es ist das erste Staatsbegräbnis, das die Republik für einen Künstler ausrichtet, entsprechend spürbar ist die Nachfrage nach den nicht vom Protokoll mit kleinen Zetteln und großen Buchstaben in Beschlag genommenen Plätzen. Den Pierrot im Schnabel des silbernen Kakadus freut das Gedränge. Oben, bei ihm an der Wand, ist die Luft sehr viel besser temperiert als im Publikum. Deutsche Museen schützen ihre wertvollsten Besitzungen.

Sind auch viele Künstler unter den Anwesenden? Nicht auf den ersten Blick, selbst nicht, wenn nur nach der Garderobe gefragt wird. Der unauffällige grauschwarze Zwei- oder Dreiteiler ist auch hier das Maß aller modischen Dinge, exakt geknüpfte Schlipse behaupten ihren traditionell rätselhaften Zauber. Das Schuhwerk glänzt auffällig matt.

Markus Lüpertz, naturgemäß, ist die bedeutende Ausnahme, doch er bleibt heute der Malerfürst ohne einen einzigen Untertan, ohne einen Adepten, der seinen modischen Vorbildern Anerkennung und vielleicht sogar den Tribut der Nachahmung zu zollen bereit wäre. Dass nur ein dunkler, silbern schimmernder Gehrock die einzig angemessene Bekleidung für eine feierliche Veranstaltung am Vormittag sein kann, mehr noch, dass auch ein Gewand tröstliche Signale aussendet, all diese Gedanken bleiben so klug wie folgenlos.

Da predigst du eben ständig blinden, absolut verständnislosen Taubstummen, überlegt Lüpertz und reibt an dem großen bunten Stein über seinem Ringfinger, und um dich herum bleibt alles kärgste Diaspora. Künstlerische, philosophische, sentimentale Diaspora.

Dies irae, denkt Immendorff, der sich mit seinem Tod noch längst nicht ausgesöhnt hat, ist doch klar, dass ich zornig bin. Von seiner hohen Warte aus durchkämmt er mit funkelndem Blick das Publikum nach Freunden und Feinden.

»Der Markus schuldet mir immer noch ein repräsentatives Bild, also einen seiner Knaller«, sagt Immendorff in Richtung der Kerze auf seinem Porträt, »das war damals alles schon vereinbart. Und das nicht nur mündlich und außerdem wiederholt.«

Die erste Reihe der Trauernden ist mittlerweile so eng nach vorn bewegt worden, dass die drei Musiker, also der Hornist, der Bratschist und der Kontrabassist, mit ihren Instrumenten einen halben Meter zurück- und damit näher an Immendorff rücken. In Berlin weiß zwar jedes Orchestermitglied, wie wichtig der unmittelbare Kontakt mit politischen Entscheidungsträgern ist. Doch künstlerische Entfaltung, auch das wissen die Solisten, bedarf stets einer diskreten räumlichen Distanz. Das hängt mit Konzentration und kleineren, tropfenförmigen Ausscheidungen zusammen, von denen hier aber nicht die Rede sein soll.

»Der Baselitz steht auch noch in meiner Schuld«, sagt Immendorff und verfolgt das Stühlerücken seiner Gäste mit Wohlgefallen, »er ganz besonders, nur der Polke, der hat sich da immer korrekt verhalten.« Er haucht an den Docht, damit die Flamme höher aufsteigt. »Sind natürlich beide nicht gekommen, hätte ich mir denken können.«

Die Zuhörer, denkt Immendorff grimmig nach der zweiten Ansprache, müssen mir beipflichten, rhetorisch ist dieser Abschied ein absoluter Schmalhans für Gehirn oder Gemüt. Klar, Redner für Redner beschwört, wie deutlich er, der Verstorbene, »die Bruchstellen der deutschen Geschichte aufgezeigt« hat, wie »politisch, umstürzlerisch, zornig und provozierend« sein Werk gewesen, wie sehr es ihm »um das Wahre, nicht um das Schöne« gegangen sei. Anders gesagt, die meisten Ansprachen der Trauervertreter bemühen die Adjektive »umstürzlerisch« und »zornig« in der stufenlos schwarzgrauen Sprachform der tadellosen Zwei- bis

Dreiteiler und des nachgerade provozierend matt polierten Schuhwerks.

Das Oberleder vermutlich erst kürzlich von irgendwelchen Eskimoweibern weichgekaut, denkt Immendorff, der zunehmend Freude an seinem Zorn gewinnt.

»Es ist nicht ohne Ironie«, sagt ein hoher Mandarin der sich noch nicht lange im Amt befindenden Regierungspartei, »dass gerade ich als Vertreter der Regierungspartei hier einen Mann würdige, dessen zorniges, dessen, ja, ich kann nur sagen umstürzlerisches ...«

Bevor Immendorff das Visier des silbernen Schnabels schließt, aus dem er die Szene verfolgt, ruft er noch sehr vernehmlich: »Kappes!« Im Rheinland hat der Ausdruck verschiedene Bedeutungen, so recht schmeichelhaft sind die wenigsten.

»Kappes«, ruft er ein zweites Mal, es klingt jetzt etwas dumpfer, »was für mich zählt, ist allein, dass du so einen hohen Rang hast in der Politik, das allein ist die Ironie.«

Gut möglich, dass er noch weitere Bosheiten von sich geben will, doch gerade hat der Hornist sein Instrument beiseitegelegt und zu singen begonnen.

»Ich bin ausgegangen in stiller Nacht
wohl über die dunkle Heide,
hat mir niemand Ade gesagt.
Ade! Mein Gesell' war Lieb und Leide ...«,

singt der Musiker. Er heißt, als habe hier der Zufall Regie geführt, Wallendorff und berührt die Herzen der verständigeren Zuhörer durch sein Vortragen, das glücklicherweise in keinem Ton, in keiner Schwingung an einen Kammersänger erinnert, der gerade eine Opernrolle gibt.

»Alles! Alles. Lieb und Leid
und Welt und Traum.«

»Denn nur, wenn man beim Betrachten oder Hören oder meinetwegen auch beim Lesen eines Werkes der Kunst nicht an Kunst denken muss, und zwar keine einzige, nicht einmal den Bruchteil einer Sekunde lang, erst dann begreift man Kunst«, ruft Immendorff. Er redet in eine kurze Pause des Geschehens. Auf dem Stehpult, der Sänger hat soeben aus *Des Knaben Wunderhorn* zu Ende gesungen, werden vor einer noch vollgefüllten Karaffe aus geschliffenem Kristall unbenutzte Wassergläser ausgetauscht. Der Verstorbene hat inzwischen das Gewand des Pierrots abgelegt und sich in seiner Gestalt als Malerteufel auf den seit kurzem verwaisten Platz neben einer berühmten blonden und wohlriechenden Schauspielerin gesetzt.

»Da wußt' ich nicht, wie das Leben tut ...«

»Aber selbst wenn man weiß, wie das Leben tut, hilft es einem beim Sterben auch nicht weiter«, sagt Immendorff, streicht sich mit dem buschigen Ende seines Teufelsschwanzes eine Träne von der Wange und tupft den Tropfen auf die Bluse über der ausdrucksvollen Brust der Schauspielerin. »Versteh', man darf einfach nie an Kunst denken, man muss einfach immer mehr wollen als Kunst.«

»Das Wahre und das Schöne eben«, erklärt daraufhin die Schauspielerin und zieht mit ansatzloser Geste eine Autogrammkarte aus der glitzernden Handtasche, »das wurde doch eben schon von einem der Herren angesprochen. Sehr eindrucksvoll. Ich persönlich bin ja ausgesprochen für beides. Natürlich auch für Grenz-überschreitungen.« Sie führt ihre Fingerkuppen über die schwarze Feder, die von ihrem Hütchen einen anmutigen Bogen um das linke Ohr beschreibt, wirft hauchdünne, kaum wahrnehmbare Linien in die hohe Stirn, hebt den Busen, wölbt noch einmal die sinnlichen, dunkelroten Lippen, redet dann aber nicht weiter.

»Würde mich freuen, dich nachher noch in der Paris Bar begrüßen zu dürfen«, sagt Immendorff unter vorgehaltener Hand, »Bushaltestelle vor der Tür. Du kennst den Laden. Erinner' mich dort an die Parole: ›Kunst ist die Aufhebung von Schwerkraft‹. Nicht mehr und nicht weniger.«

Sagt es, hebt den Schwanz wie eine Peitsche und verschwindet mit einem gewaltigen Satz hinter dem zu einem kleinen Atompilz gedrechselten Buchsbaum neben dem Stehpult mit den Mikrofonen.

»Innovation war ihm mehr als bloßes Programm«, hört er dort aus dem Mund eines der letzten Redner, »Innovation war der mächtige innere Kompass seiner künstlerischen und auch seiner menschlichen Existenz, ein stets waches Auge auf das uns ständig umgebende Apokalyptische gerichtet, hat er begriffen und nie aus den Augen verloren, ein gewaltiges Leitmotiv, das ...«

Immendorff springt zurück in sein Selbstbildnis und blickt wieder wie ein anfänglich noch grüblerischer, später zunehmend verzweifelter Kakadu. Kontrabass, Bratsche und Horn spielen jetzt jenen das Herz wieder aufrichtenden Walzer, den Schostakowitsch einmal komponierte, um zu zeigen, wie erfreulich Schwermut sein kann. In der Besetzung, die gerade musiziert, ist das Stück wohl noch nie erklungen, doch der Beifall ist heftig und kennerisch. »Gelungen innovativ«, lautet die treffende Formel, auf die ein leitender Ministerialrat sein Urteil bringt.

»War doch mal ganz angenehm anders«, sagt Gerhard Schröder, der sich zu den Gästen in der Paris Bar gesellt hat, »ich frage mich bloß, wer dem Typen aus dem Kanzleramt die Rede geschrieben hat. Ich kenn' die doch noch alle. Da hat keiner auch nur einen blassen Schimmer von moderner Kunst oder zeitgenössischen Künstlern.«

Die Gäste, es sind leider weniger gekommen als erwartet, hören aufmerksam zu und nippen an ihrem Wein, dessen Qualität deutlich über dem Angebot der Getränke liegt, die ihnen nach dem Staatsakt serviert wurden.

»Sehr berührt hat mich auch der Text über das Innovative als, wie hieß es, als Leitmotiv«, sagt die blonde Schauspielerin, »wer war das noch, der den vorgetragen hat? Jörg war richtig bewegt.«

»Jörg war überhaupt nicht bewegt«, ruft Immendorff, der plötzlich, niemand, nicht einmal Michel Würth, hat ihn eintreten sehen, auf der roten Bank neben Schröder sitzt. »Ich hasse das Wort ›Innovation‹, das ist ein überflüssiger Knallkörper, eine Stinkbombe, ein niederträchtiger Schlagring der Kunstkritik.« Er ist jetzt wieder Malerteufel und bläst Rauch aus den Nasenlöchern wie früher den Qualm seiner Zigaretten. »Wenn einer, ich sag mal qualitativ, in der Klasse von Dürer oder Baldung Grien malt oder zeichnet, dann ist er nicht innovativ, dann ist diese Person einfach auf dem Weg, ein großer Künstler zu werden. Über die Aussagen können wir uns dann immer noch unterhalten. Jede Scheiße kann innovativ sein und sagt dir trotzdem nichts.« Immendorff blickt, das ist aus seiner Position auf der Bank unvermeidlich, auf den wie mit einem Brillantenschleier überzogenen Schädel in der Auslage unter der Theke. »Besonders wenig innovativ ist übrigens der Tod«, ruft er, bevor seine Erscheinung wieder zu rotem Leder wird.

Darüber lächelt der Schädel mit den Brillanten.

»Wenn man eingeladen wird, und zwar so richtig dringend, von den Veranstaltern selber«, sagt Immendorff, »ganz gleich wohin, und wenn man dann dort auf Gesichter trifft, wo man sich zu Recht fragt, warum ausgerechnet die auch eingeladen wurden, dann will man doch, bitte schön, wissen, was das Ganze soll.«

Es ist später Morgen, über dem Neckar bis hoch zum Heidelberger Schloss liegt grauer Dunst. Romantische Betrachter schrieben bei ähnlichen Stimmungen gern von Luftgespinsten. Jörg trägt eine hellblaue, nur knapp an die Knöchel reichende Trainingshose, darüber seinen schwarzen Rollkragenpullover mit dem ausgefransten Bündchen. Im linken Mundwinkel des Künstlers klemmt eine amerikanische Filterzigarette. Der Kaffee, den er sich jetzt von seiner Frau einschenken lässt, fließt, als sie den hellbraunen Korkstöpsel entfernt, aus einer Thermoskanne, deren Bauch das Bild eines feuerroten, doch eher schlicht produzierten Traktors zeigt und damit sehr direkt in die Symbolik der chinesischen Kulturrevolution weist.

»Wer sind unsere Feinde? Wer sind unsere Freunde?«,
sagt Immendorff, der Ton zweigt merkbar ins sirrend
Dozierende ab. Die Worte des Vorsitzenden Mao aus
dem kleinen roten Buch hat er genau gelesen und im
Gedächtnis bewahrt. »Den Beuys haben unsere Organisatoren jedenfalls wieder ausgeladen. Und zwar total kurzfristig. Das ist, echt, schon ein schlimmes Zeichen für die Veranstaltung.«
Ihren Trauzeugen nennt das Ehepaar Chris Reinecke
und Jörg Immendorff wahlweise »den Jupp« oder »den
Beuys«. Es ist nicht ganz richtig, dass er ausgeladen
wurde. Eher stimmt wohl, dass ein auf vierundzwanzig Stunden angesetztes Streitgespräch, das er mit einem Kontrahenten führen soll, nicht stattfinden wird,
weil dieser Kontrahent kneift. Oder so ähnlich. Be-
dauert wird die Absage aber nicht nur wegen des sich
abzeichnenden Verlustes erhellender Worte zur Lage
der Kunst. Beuys gilt zu Recht als Magnet für die Aufmerksamkeit der meisten Kollegen und mehr noch
für ein in großer Zahl herbeigewünschtes Publikum.
»Der Beuys umkreist die Phantasie der Leute wie ein
knallharter Sputnik mit intakter Sendeanlage, die ständig die Internationale piepst«, sagt Immendorff. Es
ist die Zeit, als die unmittelbar bevorstehende amerikanische Mondlandung die Schlagzeilen der Presse beschäftigt.

»Ziemliche Plörre, dieser Kaffee, den wir hier geliefert bekommen«, fährt er fort, »passt prima zu unserer Unterbringung. Der Beuys hätte gespuckt wie ein Lama, wenn er tatsächlich gekommen wäre.«

»Gestern hat hier jemand nach dir gefragt«, sagt seine Frau Chris. Sie trägt einen schwarzen Leinenrock und eine ärmellose, mit blauen Blumenranken bedruckte Bluse. »So ein Opelfahrer, kleiner Dicker mit steifem Hut, eher die Karikatur vom Opelfahrer im Witzblatt beim Metzger um die Ecke. Über dem Rücksitz hing eine weiße Häkeldecke.«

Chris gibt die Nachricht schnell weiter, denn ihre Gedanken kreisen gerade um die morgen stattfindende Aktion der Gruppe Lidl, die sich kritisch mit den Olympischen Spielen in München befassen soll. Dennoch fällt ihr dabei wieder jener Fremde ein, der sich aus dem heruntergekurbelten Wagenfenster nach Jörg erkundigt hatte und dabei sehr altmodisch den steifen Hut zog. Das geschah auf der kleinen Straße vor dem Studentenwohnheim am Klausenpfad, dort, wo alle eingeladenen Künstler untergebracht sind. Bei dem Fahrzeug des Fremden handelte es sich um einen dunkelgrau lackierten Opel der Reihe Olympia, deshalb wird die konkrete Erinnerung von Chris erst jetzt wieder aus dem Schattenreich der Assoziationen geborgen.

»Was hat er gewollt?«

»Irgendwas Geschäftliches.«

»Von mir?«

»Er kommt morgen noch mal vorbei.«

»Wahrscheinlich wollte er zum Jupp. Der wäre hier doch die große Nummer gewesen, die zieht.«

Aber nicht nur die Figur ihres berühmten Lehrers hätte gewaltig gezogen. Auch die zeitliche Festlegung eines in der Öffentlichkeit ausgetragenen Disputes auf »exakt 24 Stunden« übt keinen geringen Zauber aus. Sie beschwört, so behauptet es der Verfasser eines Radioberichts im örtlichen Nachtstudio, »gleichermaßen die kühne Inanspruchnahme eines Glanzereignisses des Sportiven, wir denken hier an die 24 Stunden des berühmten Autorennens von Le Mans, wie den Gedanken an die nachgerade klinisch vorgegebene Periodizität eines wissenschaftlichen Experiments«. Er bereitet damit seine Zuhörer auf das Kunstfestival *intermedia 69* vor, ein maßgeblich von Klaus Staeck entworfenes Zusammentreffen von Künstlern, die nach den verschiedensten Ausdrucksmöglichkeiten unter Ihresgleichen suchen.

Vierundzwanzig Stunden Diskussion und keine einzige Sekunde länger! So etwas hat es in der Geschichte von intellektuellen Auseinandersetzungen in zeitgenössischer Kunst noch nicht gegeben. Bewegung im fest vorgegebenen Zeitrahmen.

»Vielleicht früher einmal bei Dada oder den Surrealisten in den Zwanzigern, was weiß ich«, sagt Immendorff, der den Beitrag gehört und die Erwähnung seines Namens vermisst hat. »Aber das ist dann deren Problem. Natürlich hätten sie dabei zu essen und zu trinken gekriegt.«

Mit dem Absatz seines Turnschuhs tritt er die Kippe seiner Zigarette auf dem Linoleumboden der Kochnische aus und nutzt die Picke, um das gerade Kleingedrückte unter die linke Hälfte des schmalen Doppelbetts im Wohnzimmer zu befördern. Er hat aber zu fest getreten, die Kippe schießt auf der anderen Seite wieder unter dem Bett hervor und tickt gegen eine hölzerne Fußleiste.

»Wir brauchen auch noch Zeitnehmer und Stoppuhren für die Qualifikation bei unserem Hundertmeterlauf«, sagt Chris, deren Gedanken sich jetzt schon weit von dem Hut tragenden Opelfahrer entfernt haben und wieder bei der gemeinsamen künstlerischen Aktion des 17. Mai, also dem nächsten Tag, angelangt sind. »Wenn wir unsere Ausscheidung zum Hundertmeterendlauf als eine alternative Form der industriellen Produktion entlarven wollen, müssen wir knallharte Präzision erzeugen. Wie in der Arbeitswelt. Also Konkurrenz, Schweiß und gnadenloser Ausscheidungswettbewerb.«

Der Dunst über den Neckarwiesen hat sich verzogen, Chris öffnet die Balkontür, um frische Luft in die kleine Wohnung strömen zu lassen.

KUNST IST DIE REINE WAHRHEIT, KUNST IST DIE REINE WISSENSCHAFT! steht in blutroten Druckbuchstaben auf einer Wandzeitung am Glasfenster der Uni-Mensa. Darunter hat jemand mit schwarzem Kugelschreiber die Worte *das ist aber schade!* in Sütterlin gekritzelt, allerdings so klein am unteren Rand, dass den Kommentar nur lesen kann, wer sich auffällig tief herabbeugt. Signiert ist die Bemerkung mit einem dunklen Daumenabdruck – wenn es sich denn tatsächlich um eine Signatur handelt.

Chris, die gerade das Frühstücksgeschirr abspült, halten viele ihrer Kollegen für den heimlichen Kopf der Gruppe, die sich nach einem Sprachwitz den Namen Lidl gegeben hat. Ihr Mann Jörg gilt eher als der Macher. Ihm traut niemand so recht zu, durch die Beschwörung von Begriffen aus der politischen Ökonomie oder der Industriesoziologie eine Verbindung zwischen den leichten Eindrücken der Sinne und den schweren Abdrücken der politischen Begriffe herzustellen.

Chris schafft es hingegen fast spielerisch, noch aus dem scheinbar banalen Vorgang des Häkelns eines Tischläufers die Kernsätze einer Theorie kapitalistischer Organisationsstrukturen und ihrer Widersprüche abzuleiten. Oder an die Geschichte der Ausbeutung unter dem Imperialismus zu erinnern. Wenn Chris auf ihrer Reiseschreibmaschine einen Text über eine »Häkelaktion« verfasst, erwähnt sie zuverlässig auch die dabei verwendeten Materialien. Das Wort Baumwollgarn führt als Fingerzeig direkt in das Manchester des 19. Jahrhunderts, zu den dortigen Spinnereien und zu Friedrich Engels. Solch flinke intellektuelle Bewegungen macht ihr niemand so leicht nach, und sie sind in der Szene naturgemäß auch deshalb sehr gefragt, weil Deutungen einen viel längeren Nachhall haben als Aktionen.

Wie kommt sie jetzt auf das Häkeln? Richtig, wegen dieses Schmuckstücks auf dem Rücksitz des Opels und wegen der Doppelbedeutung des Wortes Läufer: Morgen müssen wieder diverse Fäden zueinandergeführt werden – Oh nein, bitte nicht so ein abgegrapschtes Sprachbild, denkt sie und macht mit den gerade abgetrockneten Eierlöffeln automatisch ein paar Häkelbewegungen, um den Gedanken schnell verschwinden zu lassen.

»Bei meinem Onkel habe ich gehört, dass man Läufer auch zu jungen Schweinen sagt, die nicht mehr säugen«, ruft Immendorff. Er hat die Kippe aufgehoben und hält sie nachdenklich musternd zwischen Daumen und

Zeigefinger. »Viele Kippen, einfach auf einen Haufen geworfen oder gekickt, das wäre auch keine schlechte Performance. Ist noch keiner draufgekommen. ›Atemzüge‹ müsste sie heißen oder so was in dieser Richtung.«

»Materialien: Celluloseacetat, Triacetin und Virginia Tabak, Höhe: 120 Zentimeter, Grundfläche: 60 x 60 Zentimeter«, murmelt Chris, der es zur zweiten Natur geworden ist, den oft flüchtigen Einfällen ihres Gatten eine vermessungskundliche Fassung zu verleihen. Sie nennt das übrigens schon seit längerem »Einschrauben«. So wird einem künstlerischen Gehalt die Verlässlichkeit technischer Bestimmungen zugefügt. Das anfangs nur als mutiger Gedanke Erfassbare erscheint hernach durch Zahlenwerk und Objektanalyse wie ein kühler Entwurf vom Reißbrett.

»Hilft später auch dem Konservator im Museum«, sagt Immendorff, der sich in den Überlegungen seiner Frau auskennt, »jetzt sollten wir aber ins Stadion. Aufwärmen und vielleicht noch einmal das Organisatorische und die Spesen klären. Vielleicht auch noch ein paar Aufrufe kleben!«

Nicht weit vor der Eingangstür des Wohnheims parkt ein dunkelgrau lackierter Opel. Von dessen Fahrer oder dessen Besitzer ist aber nichts zu sehen. Nicht mal ein steifer Hut.

Das Stadion, in dem die Wettkämpfe an diesem Nachmittag stattfinden, liegt in unmittelbarer Nähe der Studentenheime am Klausenpfad. Immendorff hat sofort Geschmack an diesem Ambiente gefunden. »Sport muss Brutalität vor Augen haben«, sagt er und blickt zufrieden auf die hohen Gebäude der Wohnkolonie. Sie ähneln hohen Getreidespeichern, denen ihr Schöpfer in einem letzten Akt unerforschlicher Großzügigkeit Balkons verpasste. Die geometrische Form der Auswölbungen erinnert an breite, eng aneinandergereihte Taschen von Zigarettenautomaten.

»Öffentliche Bauten, geschnitten wie Uniformen für den alltäglichen Militärdienst«, sagt Immendorff, der aus dem geöffneten Milchglasfenster der Umkleidekabine einen Blick auf die Hochhäuser wirft, »das ist auch so eine spezielle Variante von lokaler Kulturrevolution. Alle Macht dem Beton!«

Es finden heute Ausscheidungswettkämpfe in den verschiedensten Disziplinen statt. Neben dem Hundertmeterlauf stehen auch Weitsprung und Schaukeln auf dem Programm, Letzteres ein mehr als unsicherer Kandidat für die bevorstehenden Spiele. Einen der Bewerber für das Wettschaukeln kennen die Organisatoren jedoch schon länger allzu gut als lautstark praktizierenden Anarchisten. Er hat sich zwar zu spät registrieren lassen, dennoch würde es gehörig Stunk geben, schlössen die Veranstalter ihn in letzter Sekunde noch von der Teilnahme aus.

Als Jörg sich zum Start niederkniet, blickt er noch einmal hoch zu den uniformierten Hochhäusern und fühlt sich unwillkürlich von seinem Vater beobachtet.

»Irgendwas danebengelaufen im Gehirn. Falsche Schaltungen, was weiß ich. Soll ja vorkommen. Hätte vielleicht nicht von Beton reden sollen. Jedenfalls fange ich plötzlich an zu heulen. Es hat richtig wehgetan in den Augen. Konnte kaum noch das Ziel erkennen. Hab natürlich trotzdem den ersten Platz gemacht. War ja auch kaum ernsthafte Konkurrenz«, sagt er später darüber.

An diesem Nachmittag steht neben der Sonne ein blasser, abnehmender Mond. Heiß ist es noch immer. Auf dem Neckar tuckern unaufgeregt Schiffe mit wichtiger Fracht ihren Zielen entgegen. Es weht ein leichter Südwind, die kraftvollen Motoren überziehen das Ufer mit Botschaften vom Segen des Dieselöls, dessen Duft sich in unauffällig wallenden Schleppen über die Auen des Flusses ausbreitet.

Immendorff sitzt allein auf der Zuschauertribüne des Stadions, als der Mann mit dem steifen Hut neben ihm Platz nimmt.

»Wir müssen reden und ins Geschäft kommen«, sagt der Mann ansatzlos. Die breite Stirn unter der Hutkrempe, registriert Immendorff mit erst unwilligem, dann aufmerksamem Blick, hat fast die gleiche Ausdehnung wie sein Kinn. Wenn ich im Augenblick noch Lust auf Zeichnen oder Malen hätte, denkt er, es müsste so etwas Expressionistisches sein, der Kerl ist ein Wiedergänger aus den frühen dreißiger Jahren. Oder von den Osterinseln.

»Der Name Lidl hat mich auf Sie aufmerksam gemacht«, sagt der Herr, der den Hut nicht absetzt, vielleicht weil, wie erwähnt, die Sonne weiter sticht. »Ich stehe in engerer Beziehung zu der Firma Lidl & Schwarz. Wir erschließen neue Märkte im Konsumbereich und erwägen, uns von dem Namen Schwarz zu trennen.«

»›Schwarz‹ und ›Markt‹ sind möglicherweise auch nicht die optimalen Namenspender«, sagt Immendorff, »so was erinnert einen doch stark an ganz frühere Zeiten. Aber jetzt mal Klartext, was wollen Sie eigentlich von mir?«

Der Fremde setzt den steifen Hut ab und wedelt mit der Krempe wie mit einem Fächer über die Stirn.

»Verkaufen Sie mir den Gedanken von Lidl, verkaufen Sie mir Ihr Gehirn«, sagt, nein, flüstert er. »Sie sind, Jörg Immendorff, Sie sind innovativ, praktisch kostenneutral, furchtlos, einfallsreich, alles, was ein neuer

Markt braucht. Sie und Lidl in unserer Branche, das ist einfach ein unschlagbares Konzept. Denken Sie darüber nach! Es wird zu Ihrem Schaden nicht sein. Finanziell meine ich jetzt.«

Klaus Staeck klagt noch Jahrzehnte später darüber, dass Immendorff in der nachfolgenden Nacht seine aufrührerischen Manifeste mit Klebstoff an sämtliche ihm zugänglichen Glasflächen in Heidelberg habe anbringen lassen. So fest hätten die Manifeste geklebt, dass sich das Papier nur durch eine Entsorgung der gesamten Glasfläche bewerkstelligen ließ. Viele Fenster, manche Türen hätten ausgetauscht werden müssen. Die Kosten seien immens gewesen und wären, wie gewohnt, auf viele Schultern vieler anderer Künstler verteilt worden.

»Hatte so seinen Reiz, einfach mal als knallharte Aktion betrachtet«, sagt Immendorff am späten Abend. Im Diskussionsraum des Wohnheims wird Foxtrott, erst später auch Rock getanzt. Chris häkelt, als er am frühen Morgen die Wohnung betritt.

RATINGER HOF

Im Ratinger Hof streiten sie heute über *Die Rede des toten Christus vom Weltengebäude herab, daß kein Gott sei*, aus dem achten Kapitel von Jean Pauls Roman *Siebenkäs*. Es geht, wie könnte es anders sein, um die Möglichkeit eines richtigen Lebens im Falschen, um den Tod und um die Frage, ob die Götter in uns sind und wohin sie ziehen, wenn es uns nicht mehr geben sollte.

Der Ratinger Hof ist ein Wirtshaus der Düsseldorfer Altstadt, das so recht erst »in der Szene« der siebziger und achtziger Jahre bekannt und verlockend berüchtigt wird. Es liegt damals übrigens an derselben Straße wie das Landgericht in dieser Stadt, einer Behörde, von deren Bedeutung für Immendorff später noch die Rede sein muss.

Seine spätere Popularität wurde dem Wirtshaus, das eine Baracke ist, weder an der Wiege gesungen, noch deutet sie sich in den frühen sechziger Jahren an. Selbst sehr alte Zeugen tun sich schwer, mehr prickelnde Erinnerungen zu beschwören als die Gestalt eines zwar dickwandigen, doch durchsichtigen Glasbehälters auf der Theke, aus dem den Gast ein gutes Dutzend Soleier wie ertrübte Glasaugen anstarren. Gut, von preiswerten Schmalzbroten mit Salz ist auch bisweilen lobend die Rede und von Frikadellen, deren Kruste beim Zubeißen ein Knackgeräusch erzeuge, als sei eine schwere Tür ins Schloss gefallen.

»So Wildwestmotive mit Sternchen aus Glühbirnen an der Decke«, hat ein früherer Besucher vermerkt, »Teppiche auf den Tischen, das war ungewöhnlich«, schreibt ein anderer.

Doch die meisten Erinnerungen an die Frühzeit gelten nicht der Kunst, sondern der Gastronomie.

»Blootwoosch met Ölk, hat immer schrecklich gestunken, wenn dat auf den Tisch kam.«

»Met Ölk?«

»Mit Zwiebeln. Also Blutwurst mit Zwiebeln. Heute steht das unter ›Boudin‹ auf der Speisekarte. Aber gerochen hat's früher wie mit Sagrotan gepökeltes Bohnerwachs.«

Diese lange für ihre Unauffälligkeit, ja, auch für ihr Abstoßendes beliebte Stätte in der sonst so lebhaften Düsseldorfer Altstadt hat dabei heimlich das Wesen eines schlafenden Frosches angenommen, der geduldig darauf wartet, irgendwann zum schon immer begehrten Prinzen wachgeküsst zu werden.

Das geschieht zwar nicht so blitzgeschwind wie im Märchen, dafür aber mit der Heftigkeit einer launischen Naturgewalt.

Bald nennen die hier verkehrenden Künstler und ihre Zuläufer die Kneipe nur noch den »Hof«. Diese Künstler sind vielleicht Musiker wie die Angehörigen einer Band, deren Mitglieder später als die Toten Hosen bekannt werden, oder die Mitbegründer des deutschen Punk, der in jenen Tagen noch als »Pank« in aller Munde ist. Vielleicht sind es auch die nur wenig älteren Maler Sigmar Polke, A. R. Penck, Jörg Immendorff oder Imi Knoebel, dessen Frau Carmen den Laden mit viel weißer Tünche und bodennahen Neonröhren in neuen Schwung hat bringen lassen. Wer immer sich hier einfindet, ahnt, dass er eine neue Kirche betritt, deren Angehörige einander an Zeichen erkennen, die der Uneingeweihte erst langsam begreift. Es sind dies zumeist Zeichen der Zerstörung, die von Farben und Haartrachten, von Schmuck und anderen Accessoires ausgesendet werden oder von Ritualen des Stoffwechsels, des Essens, Trinkens oder Inhalierens. Natürlich auch des Tanzens. Jede Religion achtet in diesen Punkten auf ihre Reinheitsgebote.

»Na und auf ihre Hymnen, also die Erregung im Ohr.«

»Und den Pogo.«

»Auch die Fingerringe mit den Totenköpfen ...«

Die Rede des toten Christus vom Weltengebäude hätte für Jean Paul 1797 das Ende seiner bürgerlichen Existenz bedeuten können. Immerhin schrieb das der Sohn eines Pfarrers. Als Dichter war er jedoch gewitzt genug, seine Gedanken als »in tiefschwarze Tinte getränkten Albtraum« zu präsentieren.

»Der Jean Paul wäre einer von uns gewesen«, sagt Immendorff, »er soll ja auch unheimlich viel Bier vertragen haben.«

Später werden Kunsthistoriker darüber rechten, ob es die jungen Musiker im Ratinger Hof waren, von denen die Maler ihren Blick auf die Welt übernahmen, ob der Prozess möglicherweise sogar umgekehrt verlief oder ob die Gäste nicht durch einen ganz anderen Rausch zueinanderfanden. Das bekannteste Graffito im Inneren des Lokals bringt es auf den Punkt: *Der Tag ist 24 Stunden lang, aber verschieden breit.* Bevor der Ort zum Weltkulturerbe erklärt werden kann, zerstört ihn, das ist in den neunziger Jahren, eine stählerne Abrissbirne.

»Sie haben vergessen, Joseph Beuys zu erwähnen«, wirft der Ponyfrisierte hinter dem Pils ein, der behauptet, öfter dabei gewesen zu sein, und wie zum Beweis seine Baskenmütze um den Zeigefinger kreisen lässt. »Beuys war nicht häufig da, eher ab und zu, aber er gehörte irgendwie dazu, also spirituell, wenn ich das mal so ausdrücken darf. Sehr spirituell. Einen toten Christus würde ich den Beuys aber deswegen noch lange nicht nennen.«

»Man kann den Ratinger Hof auch nur schwerlich als Weltengebäude bezeichnen«, sagt die hagere Dame mit dem seidenen Turban, die neben ihm Platz genommen hat und ihre Zigarette in ein silbernes Mundstück steckt. »Ich meine, schon dieser Gestank von den Mopeds draußen und deren Geknatter, wenn drinnen der Krach der Musik mal kurz aufhört, also ein Weltengebäude, das stelle ich mir ganz anders vor. Irgendwie imposanter und mehr nach dem besseren Teil der Königsallee. Der Hof war eher so ein billiges Kirchenschiff.«

»Es ist trotzdem etwas ganz Besonderes entstanden, das hatte unmittelbar mit der Energie zu tun, die jeden Abend hier erzeugt wurde. Es war, als ob man eine Starkstromleitung ins Lokal gelegt hätte.«

Wenn ein erregter Rheinländer das Wort Starkstrom in den Mund nimmt, legt er die Silbe »Stark« fast eine Oktave höher an als das nachfolgende, nur *mezzoforte* betonte »strom«. Das Kompositum »Starkstromleitung« wird mit einem kurzen *Sostenuto* nach diesen ersten beiden Silben vorgetragen, deshalb klingt der Gesamteindruck wie ein Gruß an Schuberts *Schöne Müllerin* in behaglichem Sechsachteltakt.

»Schlägereien kamen dort natürlich auch vor, und das nicht zu knapp«, erinnert sich die hagere Dame genüsslich. »Die Herrschaften von der Polizei standen da immer schon um die Ecke parat mit ihren grünen Minnas. Weil, da soll ja auch gekokst worden sein.«

»Und das Landgericht war praktisch nebenan. Aber an Koksen kann ich mich nicht erinnern, das kostete doch viel zu viel, damals.«

»Der Beuys, der ist da schon ganz lange weg.«

»Ich weiß noch, wie er damals einen Unfall hatte, mit seinem dicken Schlitten, vielleicht ist er deswegen dann weggeblieben.«

»Auf den Bildern von Immendorff im Museum ist er aber trotzdem noch immer drauf zu sehen.«

Die Rede ist gerade von Immendorffs Serie *Café Deutschland*, einem Werk aus sechzehn eindrucksvollen, großformatigen Bildern, die des Künstlers weltweiten Ruhm als Maler begründeten oder vielleicht sogar schon festigten. Die dargestellten Szenen greifen nach manchen, eher zweifelhaften Auskünften das Einrichtungsambiente des Ratinger Hofs auf, nach anderen Quellen wahlweise die Disco »Revolution« oder die Disco »Sam's«. Liebhaber unterscheiden hier auch noch zwischen Düsseldorf und Neuss.

»Da hängt doch diese glitzernde Kugel mit den kleinen Spiegeln im Bild ...«

»Das kann überall gewesen sein, auch im Hof ...«

»Und Koks?«

»Dafür hatten die im Hof doch nie genug Kohle. Koks, das sag ich noch einmal, war doch schweineteuer, damals.«

Es wird sich, vermutet Immendorffs Galerist Michael Werner, beim vorgestellten Raum in der Serie *Café Deutschland* wohl um eine Schöpfung der Phantasie handeln, die viele Anregungen annimmt. Um eine klassische Beschwörung, die nur wenige Groschen auf Realitätsbezug gibt. Ein Künstler schafft sich die eigenen Rahmenbedingungen und pfeift dabei auf die Regeln von Raum und Zeit. Anders ist auch schwer vorstellbar, was die in den Darstellungen verewigten Kollegen Max Ernst oder Max Beckmann in einem Lokal der Düsseldorfer Altstadt verloren hätten. Oder in einer Disco, die den bei weitem viel zu marktschreierischen Namen »Revolution« trägt. Jean Paul mit seiner Suche nach dem entschwundenen Gott hätte naturgemäß in jedem dieser Lokale verkehren können. Auch in einem Kunstwerk.

»Ich muss mir gleichzeitig aber immer die Frage stellen«, sagt Immendorff, der schnell wieder Platz in seinem eigenen Gemälde genommen hat, »was von jenen Requisiten letztendlich bleibt. Also von den Objekten, die wir bei unseren Aktionen verwenden. Wie das Holz oder das Fett oder der Filz beim Jupp oder diese Regenrinne bei Imi oder meine Schachtel für den Bundestag. Also nicht, weil ich jetzt weiß, dass ich selbst bald verfaule, sondern weil das ja eine zentrale Frage von Inszenierung ist. Was ist mit denen, wenn wir nicht mehr sind?«

Beckmann lehnt sich zurück, Max Ernst beugt sich aus seinem Sessel vor, streicht liebevoll eine weiße Locke aus seiner Stirn und hält Immendorff fragend ein Ohr entgegen. Joseph Beuys verlässt den Raum.

»Pharaonengrab«, sagt Immendorff, »das ist hier mein Stichwort.« Das *Café Deutschland* wird in dieser Sekunde von einer gewaltigen Lärmwelle überspült, einem Geräusch wie beim Jüngsten Gericht, nur sind noch Hupen und Auspuffgeknatter hinzugemischt, daher hat auch nicht jeder der prominenten Gäste des Künstlers Stichwort verstanden.

»Pharaonengrab«, wiederholt Immendorff und weist mit einem ungeduldigen Handzeichen seinen jungen Assistenten Jan an, das leere Glas von Max Beckmann nachzufüllen. »Ihr erinnert euch an die Beuys-Ausstellung im Centre Pompidou in Paris, die Harald Szeemann kuratiert hat.«

»Nach meiner Zeit«, sagt Max Ernst, »aber Zeit soll man ja auch nicht so ernst nehmen.«

»Da waren die skulpturalen Elemente, also die Objekte, mit denen er Aktionen machte, inszeniert wie so 'ne Minimal-Art-Ausstellung, sehr puristisch, sehr, sehr ... – eher unsinnlich hingelegt. Also für mich war die Ausstellung nicht sinnlich, weil ich ja auch wusste, wofür diese Skulpturen und Objekte einmal gestanden hatten, als Beuys mit ihnen gearbeitet hat. Genauso wie sein Hut, die Weste und der große Pelzmantel.«

»Nicht sinnlich muss ja nichts Schlechtes sein, wenn man mal kurz vom Geschlechtlichen absieht«, ruft eine Stimme aus dem dunklen Hintergrund des Bildes. »Nichts war drapiert in Paris, absolut gar nichts«, erinnert sich Harald Szeemann, »also in einem falschen Sinne von Kunst, von jener Kunstinszenierung, die der Beuys ja überwinden wollte.«

»Korrekt«, sagt Immendorff, »deswegen bin ich ja auf den Gedanken gekommen, den Widerspruch aufzulösen. Ich meine jetzt den Widerspruch zwischen unserer lebhaften sinnlichen Erinnerung an den agierenden Beuys und den stummen, echt reglosen Objekten in der Ausstellung. Wenn, ja, sobald der Geist sich verzogen hat.«

»Denn nur des Geistes Kraft allein, schneidet in die Seele ein«, sagt Max Ernst, der eine Papierschwalbe gefaltet hat, die er jetzt durch die Wolken aus Zigarrenqualm im Café taumeln lässt.

Immendorff lässt sich von ihrem Flug nicht beirren:

»Und da erinnerte ich mich plötzlich an meinen Besuch im Ägyptischen Museum in Kairo. Die haben Fotos gezeigt von diesen Graböffnungen. Also, wie die Utensilien der Pharaonen da sortiert waren, die waren ja gar nicht inszeniert hingelegt, die waren hingelegt wie Gegenstände, die darauf warten, dass sie von ihren Besitzern eines Tages benutzt werden. Stehen da einfach auf Abruf rum, zum Teil verpackt, zum Teil nicht. So hätte ich auch gerne die Beuys-Dinge gesehen. Und unsere Sachen. Wie im Pharaonengrab.«

»Den Geist wieder in die Flasche zurück?«, fragt Max Ernst und drückt die Schultern in die Polster seines Sessels. »Und soll dann ein Nachfolger dieselben Aktionen noch einmal machen – oder immer wieder? Da macht man sich als Künstler doch lächerlich, schlimmer noch, überflüssig?«

Immendorff springt aus seinem Sessel, fängt die Schwalbe und faltet ihr mechanisch den Schwanz über den Schnabel.

»Wenn man diese Aktionen noch mal machen würde? Ist eine sehr gute Frage. Verdammt gute Frage. Wäre auch verdammt schwer. Ich habe beinah das Gefühl, dass das nicht ginge. Auch weil ich ja selber Aktionen gemacht habe, in den sechziger Jahren. Wenn ich die jetzt noch einmal auflegte, würden die nicht funktionieren können. Eindeutig. Und die Tatsache, dass ich denke, dass sie heute nicht funktionieren können, die ärgert mich ungemein. Weil sie so 'ne Kraft hatten. Aber der Beuys, also, das ist wirklich beängstigend, wenn man sich eingestehen muss, dass der heute was anderes machen würde. Ein Albtraum.«

»Das war es bei mir auch«, sagt Jean Paul, »für unsern Heiland auch. Aber das Weltengebäude steht ja noch.« Vor dem Ratinger Hof fahndet die Düsseldorfer Polizei heute wieder einmal nach psychotropen Substanzen. Das Landgericht wird zu seiner Sicherheit hell bestrahlt.

ATELIER

An einem Nachmittag im Februar redet Immendorff über Abschiede. Der Maler sitzt in seinem Atelier in Düsseldorf. Über einem T-Shirt, dessen Brust ein roter Maleraffe ziert, trägt er eine jener Lederjacken, wie sie in Filmen der frühen DDR und der UdSSR sehr beliebt waren, wenn Funktionäre für ihren Einsatz bei der Ernte eingekleidet werden mussten. Auch mit der nachlässig versteckten Kappe, die jetzt das rechte Knie des Malers bedeckt, fände deren Träger leicht Zugang in die Kreise der linken Avantgarde der zwanziger Jahre.

Das Atelier, ein tiefer und hoher Saal, erhellt von Fenstern, die jetzt aber leicht beschlagen sind, verströmt den Geist einer Fabrikhalle, in der Schlachten um Produktionen ausgefochten werden. Früher gehörte der Raum zu den Werkstätten des Düsseldorfer Schauspielhauses. Der Mythos hält sich, dass Gustaf Gründgens hier die Kulissen für seinen ersten *Faust* zimmern ließ. Das kann, muss sich aber nicht genau so zugetragen haben. »Licht«, sagt Immendorff, »ist mir eigentlich egal. Oder: Licht ist mir einfach nur so mental wichtig. An sonnigen Tagen, wo keine Wolke stört, ist der Raum schön durchflutet, aber zum Malen selber war's mir immer egal, ob ich bei Neonröhren male oder bei Sonnenlicht. Ob West- oder Ostlage, das war nie so mein Thema.«

Muss er sich für seine Arbeit inszenieren?

»Im Kostüm sehr viel weniger als Thomas Mann. Oder Richard Wagner. Nur anders. Ziemlich anders.«

Immendorff lacht, lässt die kaum angerauchte Zigarette aus dem Mund fallen und zerdrückt die Kippe mit dem hohen Absatz seines Schuhs. Bevor er fortfährt, zieht er durch den Strohhalm einen kleinen Schluck aus dem Glas mit Früchtetee, dem einer seiner vielen medizinischen Berater eine besonders hilfreiche Wirkung bei tödlichen Erkrankungen des Nervensystems zugeschrieben hat.

»Ist das Atelier ein Körper? Jedenfalls mehr als meine Wohnung. Es ist absolute Begleitmusik zu meiner Arbeit. Ich hab mal ein paar Fotos von Francis Bacons Atelier gesehen. Das sah ja aus wie der Schrottabladeplatz seiner Seelenkämpfe. Sehr spannend. Also ich würd ... gut, ich mal ja auch anders als Bacon, ich könnte vielleicht ... Also: Ich bin ein bisschen organisierter als Bacon und brauche meinen Überblick und will manchmal dann all diese Objekte nicht und würde am liebsten das ganze Atelier leerräumen.«

Den letzten Teil des Satzes hat einer seiner Assistenten gehört und kurz und vielleicht ein wenig verschreckt aufgeblickt. Jörg Immendorff beschäftigt eine Handvoll, bisweilen gewiss auch mehr als nur eine Handvoll von Mitarbeitern, die den ihnen gestellten Aufgaben im Atelier still, unauffällig, ja fast geduckt nachgehen. Während Immendorff mit seinem Besucher redet, wächst langsam und scheinbar unaufhaltsam sein Werk um ihn herum. Daran ist nichts Außergewöhnliches. Kein Kunstwerk hat je von seiner Aura verloren, weil der Betrachter vom Ausmaß seiner handwerklich-technischen Reproduzierbarkeit Kenntnis hat.

»Aber zu viele Assistenten, wie bei den chinesischen Kollegen, das ist auch nicht gut«, sagt er, sich an den Besuch in einem Malerdorf unweit von Peking erinnernd. Dort beugten sich mehr als ein Dutzend Helfer über diverse Leinwände, um Farben aufzutragen oder wieder herunterzuspachteln. Diese Helfer traten allerdings auf wie eine Riege gut durchbluteter Turner. Die kleine Mannschaft von Immendorff wirkt an diesem grauen Morgen hingegen wie ein versprengter Teil aus dem Gefangenenchor von *Nabucco*, der leise

und sehnsuchtsvoll »Va pensiero – Flieg, Gedanke, getragen von Sehnsucht ...« in haarige Achseln unter ver-
schwitzten Netzhemden singt.

Musikalisch erinnert in diesem Atelier übrigens nichts
an Verdi oder einen anderen bedeutenden Komponisten. Im Radio auf dem großen Kühlschrank mit den
Wodkaflaschen aus aller Welt läuft das Programm eines
lokalen kommerziellen Senders, dessen Zuhörer sich
offenbar nur wenig für die Befreiung aus der Knecht-
schaft, mehr aber für »sensationelle Angebote an den
professionellen Reifenkunden in Ihrer Nähe« interessieren.

»Heino und Fred Bertelmann, wie ich unterscheide«,
merkt an dieser Stelle Thomas Bernhard an, der sich an
Immendorff noch gut aus Salzburg erinnert. Immendorff hat dort Regie geführt und das Bühnenbild zu
The Rake's Progress von Strawinsky entworfen.

Dem flinken Gedanken, dass große Kunst des Auges
offenbar mal leichter, mal weniger leicht herstellbar ist,
wenn gleichzeitig kein großes Kunstverständnis des
Ohrs gefordert ist, wird an dieser Stelle kein Raum ge-
währt. »Gut möglich, dass wir später auf das Thema
zurückkommen werden«, sagt Immendorff, nachdem
er einem der Assistenten in kurzen, schneidenden Worten klargemacht hat, wer in seinem Atelier Meister ist
und wer Geselle und was das für die Erzeugung eines

gewünschten Farbeffekts auf der Leinwand bedeutet. Wenn der Meister schilt, greift er gern zu Redewendungen und Mienenspiel, die unterstreichen, dass er sein Missfallen nicht zum ersten Mal vorträgt. In solchen Momenten denkt der Beobachter unwillkürlich an Dürer und an mittelalterliche Lehrherren. Schon lange nicht mehr benutzte Wörter wie Zucht, Backpfeife, Ducken und hartes Brot glimmen im Wortschatz, der Besucher freut sich, dass er in der eigenen Haut und nicht der eines Lehrlings steckt.

»Vielleicht kommt eine Zeit, vielleicht schon bald, in der ich da, wo jetzt, wo da vorn im Atelier die Affen stehen, eine große weiße Wand ziehen lasse. Eine Wand aus einem anderen Raum, an die ich dann nur ein Bild hänge, nur ein einziges Bild, und es betrachte. Ich will das Atelier dann emotional überwinden, dieses Theater auch der vielen Vorspiele, in dem, wenn man die Augen zukneift, wie in einem Geisterfilm immer wieder die alten Bilder auftauchen. In dem man sich fragt und erinnert: Weißt du noch, wie du das gemalt hast? Vorgestern habe ich auf einer Ausstellung in Köln Arbeiten von mir wiedergetroffen, die ich seit dreißig Jahren zum ersten Mal wiedergesehen habe. Das war eine merkwürdige Situation, also man sagte sich Guten Tag, und ich nahm sie ab wie ein Offizier die Parade, und im selben Moment habe ich schon wieder Tschüss gesagt.«

Es fällt Immendorff mit dem bereits geschwächten rechten Arm nicht leicht, doch er kriegt die dunkle Lederkappe auf seinem Knie zu fassen, wirft sie sich auf den Kopf und deutet eine militärische Geste des Grußes an, die aber sofort durch des Malers meckerndes Lachen in Unernst getunkt wird.

»Es klingt nicht gerade liebevoll, wie ich mit meinen Dingen umspringe, aber ich will sie dann auch nicht mehr. Ich denke, Abschied ist 'ne gute Sache. Keine wehleidige, wehmütige Geschichte, sondern es ist einfach so, dass ich zu den Bildern sage: Leute, jetzt macht mal das, wofür *ihr* da seid. Hauptsache, ihr findet euren richtigen Ort.«

Die Bedeutung des richtigen Ortes für ein Kunstwerk hat er am späten Vormittag auch der Vertreterin eines Boulevardblattes zu erläutern versucht, um seine Sorge über den Erfolg einer unmittelbar bevorstehenden Ausstellung auszudrücken. Doch das Erkenntnisinteresse der jungen Dame gilt der Frage, ob die Akte in seinen Bildern »jetzt mal privat, dem Ideal nach, so etwas Erträumtes sind wie die Frauen, mit denen Sie in letzter Zeit an bestimmten Orten Kontakt suchen«.

Gut möglich, dass es sich nicht um ein privates, sondern um das Erkenntnisinteresse der Redaktion handelt, in der die junge Dame arbeitet. Sie trägt übrigens ein sehr streng geschnittenes Twinset, dessen Farbe eine Modezeitschrift unlängst als »kompromisslos« bewertet hat. Das Haar hat sie nach dem Vorbild maßgeblicher Chefredakteure mit einem kräftigen Gel gefestigt, das bei den Aufnahmen des hinzugezogenen Fotografen bisweilen Licht reflektiert, das an verloschene Sterne erinnert.

»Reden wir jetzt über die Hängung meiner Bilder?«, fragt Immendorff. Wäre das Adjektiv einer der Pfeile im Köcher ihrer Sprachkunst, würde die Reporterin den Tonfall als »grollend« festhalten. Der Künstler genießt es, berühmt zu sein, kann aber nicht alle Zweifel überwinden, in die ein früher und immer noch laut bekennender Linker gestürzt wird, der sich heute mit den Medien der Gosse vertraglich gemein macht. »Massenlinie«, so lautete in den späten siebziger und den frühen achtziger Jahren ein nie erreichtes Wunschziel der Genossen. Aber wenn sich jetzt die Massen als Konsumenten der Medien – wie vielleicht schon länger – stärker für ertappte Kokainschnupfer und *Tableaux vivants* mit Prostituierten in einem Luxushotel interessieren als für die Lage der arbeitenden Klasse?

»Die Abdrucke haben meine Bilder mehr Leuten vorgeführt, als je in meine Ausstellungen gekommen sind«, sagt der Künstler zur Rechtfertigung seiner Zusammenarbeit mit einem anderen Massenblatt. Es ging um nichts weniger als Illustrationen zur Bibel.

Ist es das, was er vorhin gemeint hat, als er vom »richtigen Ort« gesprochen hat?

»Vielleicht sind Bilder ja Sterne.« Immendorff deutet mit dem Kinn an die Wand des Ateliers, wo er eine Reihe von nicht mehr benutzten Paletten hat aufhängen lassen. »Aber es sind Sterne, die einem verdammt nahekommen. Mir und den anderen Betrachtern. Es geht um weit mehr als um ein Starren auf die Milchstraße.«

Sehr eindeutig ist die Antwort nicht. Aber sie reicht, um die Reporterin zum Verstummen zu bringen. Für Nachfragen ist ohnehin keine Zeit. Tochter Ida hat jetzt Malstunde bei ihrem Vater.

»Die Biene«, erklärt der *Adelung*, ein vertrauenswürdiges deutsches Wörterbuch aus dem 18. Jahrhundert, »ist ein bekanntes Insect, dessen künstlichem Fleisse wir das Daseyn des Honiges und des Wachses zu danken haben.« Der Autor führt sodann die Unterscheidung an zwischen zahmen und »wilden Bienen, welche sich in großen Wäldern aufhalten, in hohlen Bäumen bauen, und raucher, schwärzer und dicker als die zahmen sind«.

Die Künstlerbiene und der Affe sind in Immendorffs Bestiarium die Hauptfiguren. Der Affe ist ihm erstmals in den achtziger Jahren begegnet, als der Maler vor einer frisch grundierten Leinwand stand.

»Hat sich einfach hier ins Atelier gehangelt, war wohl ein Fenster offen, ist mir auf den Rücken gesprungen und dann einfach dageblieben. Sich immer eingemischt, in die Bilder, in die Figuren, auch auf der Opernbühne. Hat mich auch nach Indien begleitet, mit vielen

seiner Verwandten. In Delhi kam er mir im Regierungs-
palast entgegen, als wir da mit dem Schröder unterwegs waren, und begrüßte mich noch vor dem Staats-
präsidenten. Keine Ahnung, wie er oder sie heißt, hat
sich nie vorgestellt.«

Immendorff beugt sich in seinem Stuhl, als sei ihm
tatsächlich ein Affe auf den Rücken gesprungen. Dann
stemmt er sich hoch und läuft ein paar Schritte mit
bis zu den Knien herabhängenden Armen, so als wäre
er gleichzeitig Künstler und Affe und dazu fast schwe-
relos. Es bleibt heute allerdings bei kargen Andeutun-
gen von Bühnengesten.

»'ne Biene könnte ich jetzt nicht mehr nachmachen.
Selbst wenn ich sechs Beine hätte.«

Die Biene gehört schon länger zur Familie. Das versteht sich bei einem Wesen, das im Niedersächsischen
Imme, früher auch Ympe genannt wurde.

»Ympendorff würde mir gefallen. Dann wäre der Beuys
nicht der Einzige mit einem Ypsilon im Namen.«

Joseph Beuys ist ein anderer der Dauergäste im Düsseldorfer Atelier. Wo genau er dort steckt, ist schwer
zu sagen. Er hat eine seiner berühmten grauen Westen sorgfältig über einen Kleiderbügel gehängt, doch
nicht als Reliquie, wie jene Tunika, die als »Trierer
Rock« verehrt wird, eher als Symbol für Attribute der
Arbeitswelt. Es könnte auch ein unter Glas verwahr-

ter Schutzhelm aus Plastik sein oder ein an der Wand befestigter Feuerlöscher.

»Früher hatten die Künstler doch alle ihre Maleraltäre«, sagt Immendorff, »man muss sich das vorstellen wie einen Schrein. Also der Schinkel hatte diese Allegorien von Dürer als Plastiken vor sich und bei Franz von Stuck steht auch so was Sakrales oder Pseudosakrales in dessen Atelier. Vielleicht ist das religiös gemeint, aber nicht christlich, sondern heidnisch oder archaisch. Eher wie bei den Chinesen, stell ich mir vor, mit ihrem Kult der Ahnenverehrung. Räucherstäbchen und ähnliches Zeug als Opfergaben. Ich hab da meine eigenen Objekte. Der Jupp, also der Beuys, hat einmal erzählt, das Ganze käme ihm vor wie ein Abwehrzauber und würde ihm schon deshalb gut gefallen. Natürlich fand er auch spitze, dass die Kunst im Allerheiligsten stattfindet. Oder umgekehrt, dass da, wo er auftauchte, auch immer gleich das Allerheiligste war.«

Den Bezug zu China und der dortigen Ahnenverehrung stiftet übrigens ein Foto von Mao Zedong, das auch zum Altar gehört, auf dem er glücklich lächelnd, als habe er gerade Andy Warhol gezeugt, in den Fluten des Yang Ze schwimmt. Das Original des Bildes stammt aus dem Jahr 1966, dem Beginn der Chinesischen Kulturrevolution, für die Immendorff anfänglich heftige Sympathien empfand.

»Der Mao ist schließlich im Wasser geschwommen, er ist nicht über das Wasser gelaufen. Das ist ein gewaltiger Unterschied. Ist ja alles Inszenierung. Ich wäre natürlich geflogen.«

Der Blick des Malers ist jetzt vom Bild des glücklich schwimmenden Mao wieder zur Weste seines früheren Lehrmeisters gewandert, die unter Gläubigen vielleicht ein verehrungswürdiger Rock ist. »Oder doch ein Teufelsspuk«, sagt Immendorff, »ich weiß noch, wie der evangelische Religionslehrer uns beigebracht hat, dass Martin Luther über den Trierer Rock hergezogen ist. Klasse Texte. Volle Breitseite.«

»Sehr viel mehr Theologie ist von damals nicht hängengeblieben. Die Bedeutung von Kostümen, klar. Aber Teufel habe ich schon immer gemalt. Fast mechanisch, also eher zwanghaft, wie der Griff in die Zigarettenschachtel.«

Von hier könnte die Erzählung in mehrere Richtungen gehen. Wir bleiben kurz bei Joseph Beuys.

»Ganz wichtig ist, dass Beuys, als ein Mensch, der sprachlich nie von jenem Ufer des Rheins wegkam, von dem er schließlich stammte, den Namen Jörg nie mit diesem harten Knacklaut, diesem fast gegrunzten ›g‹ am Ende aussprechen konnte.« Das erzählt jetzt Michael Werner, der Galerist und Spiritus Rector des Künstlers, zu dessen Lieblingssätzen zählt, dass er von Kartoffeln mehr verstehe als von Kunsttheorie.«Der Beuys sagte nie Jörg mit diesem ekelhaft abbrechenden ›g‹ am Ende, er nannte Immendorff immer ganz weich ›Jörsch‹, und das war dann fast immer das Ende der Auseinandersetzung. Aber die Teufel hat er gemocht.«

»Korrekt, total korrekt, selbst oder gerade wenn Beuys ein Bild von mir scheiße fand. Klar, dass mir das sehr wehgetan hat«, sagt Immendorff in der Erinnerung. »Eines meiner Bilder hat er mir sogar abgekauft, obwohl er damals Malerei überhaupt nicht toll fand. Vielleicht wollte er die meine dadurch auch nur aus der Welt schaffen. Aber mit von der Partie war er immer. Ich hab ihn sogar zum Singen gebracht.«

Der letzte Satz ist möglicherweise nicht wörtlich gemeint, jedenfalls stößt er auf Skepsis. Der Maler horcht ihm noch einmal nach und fügt dann bekräftigend hinzu: »Auf der Opernbühne! Ganz großes Kino!«

Es geht einmal mehr um *The Rake's Progress*, die Immendorff, das ist kaum fünf Jahre her, für die Salzburger Festspiele inszenierte.

»Nicht inszenierte, das war der Peter Mussbach, der Regie führte. Einmal musste ich zum Intendanten Mortier und ihn daran erinnern, dass aber Kostüme, Bühne und Beleuchtung unter meinen Fittichen stünden. Das war, als die Grace Bumbry, die die Türkenbaba gab, sich weigerte, mein Kostüm zu tragen. Hat mich mit ihrem Hofstaat extra dafür ins Café Tomaselli bestellt. Und ich sagte: ›Moment ...‹« Immendorff lässt ein paar Falten die Stirn durchfurchen. »Korrektur! Für die Beleuchtung war nicht ich, dafür war Max Keller zuständig. Nicht ich. Wüsste gar nicht, wie man das macht. Aber dieses Kostüm von der Bumbry, das waren Turnschuhe, so widerliche rosa Strumpfhosen mit einem Rock in Pink und einem Smiley auf dem T-Shirt, Lederjacke, dazu der obligatorische Vollbart der Lady. Nicht schön, dafür wirkungsvoll, denn sie sollte ja eine bestimmte Figur repräsentieren. Den Chor und die Bühnenarbeiter hab ich auch gleich als Teufel verkleidet.«

Bevor Immendorff weitererzählt, muss hier schnell nachgetragen werden, dass Strawinskys Oper *The Rake's Progress* durch Stiche des von unserem Künstler so hochgeschätzten William Hogarth angeregt wurde. Das Werk spielt frivol mit der mittelalterlichen Form des *morality play*, des lehrhaften Schauspiels, welches das Publikum belehrt, dass nur fleißiges Regen den wahren Segen bringt, Faulheit und Laster aber zum Teufel führen. Held, sagen wir besser: Hauptfigur der Geschichte ist der junge Tom Rakewell ...

»Das war natürlich ich selbst«, erklärt Immendorff, »der Sänger trug ein T-Shirt mit meiner Künstlerbiene auf der Brust. Ich habe daraus ein Stück über Künstler gemacht, das war sensationell, das war ganz neu. Ich musste nämlich den David Hockney ausstechen, der zuvor bei den Opernfestspielen in Glyndbourne die Ausstattung übernommen hatte, auch nicht schlecht, aber ...«

Jenen Tom Rakewell also liebt Anne Trulove, deren Vater ...

»Dieser Vater, das konnte nur Joseph Beuys sein, also hab ich dem Sänger die allseits bekannte Weste angezogen.«

... deren Vater trotz strenger Aufsicht nicht verhindern kann, dass Tom lieber auf unangestrengte Art Geld verdienen will und so dem Verführer Nick Shadow in die Hände fällt.

»Nick Shadow, das musste mein Alter Ego sein, also das war Markus Lüpertz, der dann auf der Premiere in einem komischen weißen Smoking erschien. Und so begeistert war, als hätte er sich gerade noch einmal neu erfunden. Er machte sich beim Schlussapplaus selbst Standing Ovations.«

Tom Rakewell, um die Geschichte hier schnell abzuschließen, wird von Verführer Shadow zu zwei folgenschweren Handlungen überredet. Er bindet sein Schicksal an eine Schaustellerin, Baba, die Türkin, die Dame mit dem Vollbart.

»Exakt, an die Grace Bumbry, die aber meinen Malerfreund Penck repräsentieren sollte, der damals immer diese komischen Turnschuhe trug ...«

Grace Bumbry, die berühmte »schwarze Venus« aus dem *Tannhäuser* der Bayreuther Festspiele?

»Ich war voll in der Pubertät, als ich damals Bilder davon in der Zeitung sah. Anfang der sechziger Jahre wird das gewesen sein. Hat mir vor Sehnsucht oder vor Geilheit richtig die Kehle zugeschnürt. Ich musste immer an Vulkane denken, also an so schlundige Krater und an Eruptionen. Und die Vorstellung, dass man sich als Künstler so etwas wünschen kann, hat mich nie wieder losgelassen. Als ich ihr dann begegnete ...«

Immendorffs rechter Arm deutet eine Bewegung an, die man als Abschiedsgruß verstehen kann oder an das Auswischen einer Figur, die auf eine Tafel gezeichnet wurde. »Sie war dreißig Jahre älter und sehr heikel. Ich hab ihr nicht klarmachen können, warum Kostüme Spiele mit Verführung sind. Sie fand die Dinger schlicht und ergreifend einfach grässlich. Gott sei Dank hat sie immer zwei Tage vor der Aufführung das Sprechen eingestellt.«

Beim Stück auf der Bühne scheitert im zweiten Akt ein kühnes, ein weiteres künstlerisches Projekt: Tom Rakewell hat auf Anraten seines Verführers einen Apparat entwickelt, der aus Steinen Brot herstellen soll. Das Unternehmen konnte nicht gut ausgehen.

»Manchmal hilft nur Kunst, manchmal hilft aber nicht einmal Kunst.«

Tom Rakewell muss Insolvenz anmelden, seine Habe wird öffentlich versteigert, der Bankrotteur landet und endet im Irrenhaus.

»Die Versteigerung hat selbstverständlich mein Galerist geleitet. Das war natürlich wie immer der Michael Werner. Sein Darsteller musste jeden Abend so 'ne Gipsfigur zertrümmern, was ihm und dem Publikum viel Spaß gemacht hat. Und der Chef vom Irrenhaus, das war natürlich ...«

»Georg Baselitz«, sagt die gerade hinzutretende Ehefrau Oda, die diese Geschichte vermutlich nicht zum ersten Mal hört.

»Wieder korrekt. Aber den Baselitz musste ich erst überzeugen, dass er da 'ne Superrolle hatte, als Chef von einem Irrenhaus, das mich durch Selbsterkenntnis zur Gnade führt. Der Baselitz war am Anfang wahnsinnig neidisch auf den Lüpertz, wie der im Festspielhaus in seinem weißen Smoking immer wieder vor Begeisterung aus dem Sitz hochhopste, weil er dachte, die ganze Show ginge nur um ihn.«

Immendorff lässt sich von seinem Assistenten ein Programmheft der Salzburger Produktion bringen und findet das Bild eines nachgebauten Flugzeugs. Dieses Gerät befördert die Handlung von Szene zu Szene. Seine Flügel bestehen aus übergroßen Malerpaletten. Oder den Flügeln einer Biene.

»Nur durch Spielen lernt man sich kennen. Selbsterkenntnis und Verrücktheit, das muss so eine Verbindung eingehen.«

Es gibt in dem Heft übrigens auch ein Foto von Immendorff, das ihn bei einem tänzerischen Sprung auf der Bühne zeigt. »Das sind so waghalsige Versuche, in der Luft zu kleben«, sagt er. »Reines Glück, wenn es klappt, aber leider sehr kurz. Ginge heute alles nicht mehr. Was zu bedauern ist.«

SCHOPENHAUER

Wer auf Momente hofft, in denen Immendorff direkt über den Philosophen Schopenhauer spricht, muss viel Geduld mitbringen. Autoritäten sind dem Maler nicht fremd, doch sie tragen andere Namen und stammen aus seinem eigenen Jahrhundert: Sie heißen Joseph Beuys, wenn sie Künstler, Michael Werner, wenn sie Galeristen sind.

Das schließt naturgemäß nicht aus, dass Schopenhauer und Immendorff engen Kontakt halten.

»Der Monet kommt doch auch andauernd in mein Atelier und redet über Farben und seine Heuhaufen in Giverny.«

Mit Schopenhauer streitet Immendorff regelmäßig über verschiedene Fragen; über die Deutung jener magischen Momente etwa, in denen unser Vernunftwissen durch neue, völlig überraschende Formen, Einsichten und Plausibilitäten ins Stolpern gerät. Als Marxist steht der Künstler mit beiden Stiefeln auf dem gut ausgeleuchteten, doch kargen Boden des Materialismus. Als Maler kennt er das Schatten- und Traumreich unvorhersehbarer Obsessionen, den Sirenengesang der Inspiration und das Glück unverhoffter Begegnungen. Begegnungen, die zustande kommen oder auch nicht. »Meine Bilder reden meistens mit mir, genauso wie ich mit ihnen rede und streite und lache oder wütend bin. Aber heute: kein Ton.«

An einem für mehrere Interviews bestimmten, ansonsten ereignislosen Nachmittag im Studio eines Fernsehsenders in Berlin kommt er auf das Thema zurück. »Meine Bilder wollen wissen, was mit ihnen selber los ist. So wie ich mich mitbringen muss, müssen sie von sich mitbringen, was sie eigentlich wollen. Natürlich sind meine Bilder auf bestimmte Weise ihre eigenen Subjekte, sie bestimmen jedenfalls mit, wie sie letztendlich wirken. Dafür muss man Augen und Ohren haben. Künstler, die ihren Auftrag ernst nehmen, sind in diesem Sinne ...«, er legt den Kopf zur Seite und sucht nach einem auffälligen Sprachbild.

»Geisterseher!«, ruft an dieser Stelle die Redakteurin des Kulturprogramms. Sie trägt zu einem goldgesprenkelten Brillengestell hellrote Korallenzweige als Ohrschmuck und gibt der Runde schon früh zu verstehen, dass sie von Arthur Schopenhauer nicht nur *Die Welt als Wille und Vorstellung*, sondern auch des Philosophen Werk *Parerga und Paralipomena* mit Fleiß und einigem Gewinn gelesen hat.

»Korrekt!«, sagt Immendorff nach geraumem Zögern, blickt aber misstrauisch zu den vielen Scheinwerfern an der Decke des Studios. »Hat aber auch mit Hören zu tun.«

»Sie beziehen sich auf Schopenhauers Abhandlung ›Versuch über das Geistersehn und was damit zusammenhängt‹«, erklärt die Redakteurin flink und eine Spur zu rechthaberisch und lässt mit Daumen und Zeigefinger ihre Brille an einer kleingliedrigen Kette vor dem Busen pendeln.

»Wieder korrekt!«, sagt Immendorff, ohne die Miene zu verändern. Mit dem verzierten Knauf seines Stocks deutet er auf einen elektrischen Beleuchtungskörper in halber Höhe der gegenüberliegenden Studiowand, der, ohne irgendein Licht zu geben, in unregelmäßigen Abständen kleine, dunkelgraue Dampfwolken ausschnauft. »Aber ich rede nicht von spukenden ›Männekens‹, wie man im Rheinland sagt, mir geht es um den Prozess des künstlerischen Erfassens.«

Der Toningenieur neigt bei diesem Satz seinen glattrasierten Schädel zur Seite und zieht fragend die buschigen Augenbrauen hoch. Dann streift er seine mit viel Schaumstoff wattierten Kopfhörer ab, springt hoch, wurstelt in seinem Rucksack und wechselt den kleinen Riegel aus, der am hinteren Hosenbund des Künstlers die elektrische Verstärkung seiner Worte für die Fernsehaufzeichnung besorgt.

»Vielleicht brauchen wir für diese letzten beiden Sätze noch einmal einen *Take* mit neuer Atmo«, sagt er, »vielleicht hat da einfach unsere Spannung kurz nachgegeben.«

Immendorff nimmt die Abläufe zur Kenntnis wie ein Schauspieler, der zwar gelernt, sich aber noch nie damit abgefunden hat, dass es auf Szenenproben immer wieder zu Unterbrechungen kommen kann. Und der auch gelernt hat, präzise den akustischen Einsatz seines Unwillens zu platzieren. Er setzt seine hohe Krähenstimme ein.

»Hört mal. Für Dilettanten wie euch hab ich hier keine Zeit zu verschwenden.«

Doch er beruhigt sich so schnell, wie er sich erregt hat. Seine nächsten Worte, das erlaubt keinen Zweifel, sind wieder sowohl an das Aufnahmeteam als auch an Schopenhauer gerichtet.

»Dieses Zwischenspiel von Unterbewusstsein und Bewusstsein macht ja eben, dass immer etwas im Nebel, im Dunst bleibt«, ruft er und deutet noch einmal mit dem Stock, als sei durch den defekten Lichtapparat gerade ein wichtiger, der besonderen Betonung bedürfender Gedanke in Szene gesetzt worden. »Das muss man erst einmal so aushalten, im Kopf. Es ist eben nicht auf der Tagesordnung, dass wir jedes Geheimnis verstehen oder enttarnen.« Die dunkelgrauen Dampfwolken werden dünner und beginnen, sich zu Rauchkringeln zu verniedlichen. »Im richtigen Moment sollte man den gebührenden Abstand behalten. Weil, darauf kommt es nämlich an: Der Grad des Geheimnisses kann dafür verantwortlich sein, wie intensiv eine magische Ausstrahlung anhält.«

»Eben Geistersehn«, fasst die Redakteurin wie eine befriedigte Lehrerin die Antwort eines Schülers zusammen und wendet sich an ihren Toningenieur. »Das haben wir hoffentlich genau so im Kasten, Ferdinand!«

»*Roger and over*«, gibt der knapp zurück wie ein Funker einer paramilitärischen Einheit. Er schaltet das Gerät aus, zieht einen Zahnstocher aus der Westentasche und schiebt ihn in den linken Mundwinkel. Dabei steht er gar nicht vor der Kamera. Auf manche Männer übt Immendorff einen osmotischen Druck aus, der sie dazu führt, in uniformierter Kargheit von Geste oder Sprachausdruck ihr Heil zu suchen.

»Das hat übrigens schon mein Zeichenlehrer im Internat zu mir gesagt, dass ich immer auf meine innere Stimme hören soll«, sagt Immendorff, dem es offenbar gleichgültig ist, wer ihm jetzt noch zuhört. »Man kann nicht anreden gegen diese innere Stimme. Für andere ist sie nicht wahrnehmbar, aber man selbst hört sie. Kann schmerzhaft sein. Schlimmer ist nur, wenn der Michael Werner dich mit seinen Worten zerfetzt. Galeristen können ganz schön grausam sein. Galeristen ...«

Immendorff wird unterbrochen von einer jungen Maskenbildnerin, die, ein blondes Haarteil in der Hand schwenkend, mit angstvoll verzerrtem Gesicht von einem Herrn in einem altmodischen Gehrock berichtet, dessen Gesicht ihr zum Verschönern anvertraut worden war. »Ich wollte nur ein wenig seine hohe Stirn korrigieren«, sagt sie, »da fing er an zu randalieren. Gegen Frauen und deren Gehabe gegenüber Männern und deren Aussehen. ›Die Natur irrt nicht‹, rief er dreimal hintereinander, dann nahm er einen Schminktopf, das kleine Kristall von Lauder, und warf es mit aller Wucht in den Spiegel.«

»Ich hab mich mit Schopenhauer doch erst für später verabredet«, sagt Immendorff und greift nach seinem Stock.

NASE UND MARKT

»Auf Vasari kann ich mich eben verlassen«, sagt Immendorff befriedigt und drückt den Hörer des Fernsprechers auf die Gabel. »Er wird gleich vorbeikommen.«

»Ein Kollege aus Italien?«, fragt der Gast im Atelier, ein Mann, dessen Alter übrigens schwer zu schätzen ist, weil es auf eine genauso seltsame Weise zusammengesetzt zu sein scheint wie seine Kleidung. Manche Elemente, die karierten Hosen etwa und das violette Polohemd mit dem aufgestickten Emblem des Herstellers, deuten in eine andere Richtung als die tiefblaue Clubjacke und ihre mit Ankermustern verzierten, goldschimmernden Knöpfe oder das glänzende Schuhwerk, dessen hellbrauner Farbton auf einen Träger hinweist, der in dieser Abendstunde den Konventionen der Herrenmode eine forsche Unbekümmertheit entgegensetzt.

»Vasari ist mein kommerzieller Geistesverwandter und meist zur Stelle, wenn ich ihn brauche.«

Der hohe Schädel des Gastes ist kahlgeschoren, legt dennoch den Gedanken an einen Scheitel nahe und schimmert matt perlmuttern poliert. Auch das stimmt den Betrachter neugierig auf eine präzisere Altersbestimmung.

Vor einer Stunde hat der Gast umständlich, nein kurz, doch mit befremdenden Begriffen Auskunft über sich und die Anlagen seines Lebens gegeben. Sein eigenes »ökonomisches Hauptfeld, ganz klar und rein keymäßig betrachtet«, sagt er, liege auf dem Sektor der Raumbeduftung und auch des Duftmarketings, ganz allgemein, also der, »wenn ich das mal so ausdrücken darf, nachhaltig sinnlichen Gestaltung unserer Umwelt mit chemischen Reizstoffen, einschließlich des industriellen Bereichs«.

Das ist eine Wahl von Ausdrücken, die sprachlich gleich mehrere Kapitel der frühen Nachkriegszeit mit der unmittelbaren Gegenwart verbindet. Wunderlich zudem die Dialektfärbungen des Besuchers, ein wenig Westfälisch, ein wenig Linksrheinisch, hier und dort ein wenig Schwäbisch. Die Geschichte des deutschen Wirtschaftswunders, eindrucksvoll in den Mundarten verschiedener Lokalteile nacherzählt.

»Man muss, halten Sie das jetzt bitte nicht für platt, einfach ständig eine Nase für das Neue haben«, sagt der Gast, »und so bin ich zum Sammler geworden. Zum Kunstsammler. Aber Kunst ist für mich ein ziemlich breites Segment.«

Er legt den Kopf zur Seite, als wolle er dem Satz noch einmal nachlauschen, und klopft dann befriedigt auf einen mit Krokodilleder überzogenen Koffer, den er auf seinen Oberschenkeln wiegt. Es ist ein kleiner Koffer, gut möglich, dass er Zigarren enthält.

Immendorff nickt mit einer heftigen Bewegung des ganzen Oberkörpers, die durchaus als Ermutigung ausgelegt werden darf. »Ich persönlich benutze zwar selten Rasierwasser«, antwortet er, »doch ich verstehe ihr ökonomisches Konzept. Ich denke auch immer strategisch.«

Der Gast blickt Immendorff für einen Moment zweifelnd, fast misstrauisch an, als sei ihm der Verdacht gekommen, hier sei gerade auf seine Kosten ein Witz gemacht worden, dann fährt er fort: »Kunst, habe ich einmal gelesen, und das hat mich überzeugt, Kunst ist gar nicht Spiegel oder Schein, Kunst ist Verwandlung.«

»Das ist exakt«, sagt Immendorff.

»Nehmen wir zum Beispiel meine Branche, die Raumbeduftung. Da mache ich ja auch die Natur nicht nach, das wäre ja ein Imitat. Ich werde vielmehr, wie soll ich es ausdrücken, selber zu einem Schöpfer von Natur. Ich will damit nicht sagen, ich sei ein Künstler, aber ich kann doch für mich in Anspruch nehmen, etwas Innovatives geschaffen zu haben. Was Sie mit Ihren Farben machen, verehrter Meister, veranstalte ich mit meinen Riechstoffen. Meine Aromen sind, wenn Sie so wollen, eine Umdeutung von Farben im Raum. Selbst bei meinen Ledergarnituren für Autositze.«

»Origineller Gedanke«, sagt Immendorff, dessen Tonfall wie auch den immer kürzer aus den Nasenflügeln hervorgestoßenen Rauchwölkchen seiner Zigarette jedoch zu entnehmen ist, dass sich die Spanne seiner anteilnehmenden Aufmerksamkeit zu verkürzen beginnt. Immendorff schätzt durchaus Ausflüge in kunstphilosophische Deutungen, aber er hat es lieber, wenn er sie selbst anregen und die Richtung bestimmen kann. Kunden zählen selten zu den Favoriten unter den Beiträgern, die er für seine Meinungsbildung zulässt.

»Nasen sind auch meine Stärke. Auf der Bühne, als Plastik, wenn Sie wollen auch als Tafelbild.« Er blickt auf ein Foto an der Wand, Jim Rakete hat es vor kurzem aufgenommen, und es zeigt den Künstler, wie er an einer Nelke schnuppert. Es ist ein Bild aus scheinbar glücklichen Tagen. Selbst die Blume lächelt.

»Sie wollen also ein Werk von mir für Ihre Parfumfabrik erwerben. Ein repräsentatives Werk, nehme ich einmal an, für einen öffentlichen Raum, in dem Sie Ihre Angebote präsentieren. Natürlich entscheide nur ich über das Motiv. Und ganz billig, das muss ich Ihnen gleich sagen, wird die Geschichte übrigens nicht, aber das müssen Sie nachher mit Vasari abmachen.«

Der Gast schaut hoch zu den alten, abgelegten Paletten Immendorffs, die über den Wandfenstern des Ateliers hängen und im Licht dieses trüben Vorabends an
ausgestopfte Raubvögel erinnern. An ihrer Art nach
schwer zu bestimmende Raubvögel mit leicht geöffneten Schwingen, die den Besucher aus ihrem Schattenreich anstarren. Vielleicht sogar an fette Eulen.

»Sie waren schon immer ein Revolutionär, und die In-
flationsrate ist zurzeit so niedrig wie der Zins«, ruft
der Gast plötzlich, als habe er an der Decke eine inspi-
rierende Schrift, vielleicht aber auch ein Menetekel entdeckt, »High-Yield-Papiere sind praktisch vom Markt
verschwunden, einfach futschikato, wie wir das als Kinder genannt haben, dem Markt fehlen die kleinen roten
Blutkörperchen, wenn ein Ende abzusehen ist, dann
ist es ein grässliches Ende, sehen Sie, deshalb bin ich
auch persönlich gekommen, deshalb ...«

»Et kütt wie et kütt, wie wir das in Düsseldorf nennen,
doch wie gesagt, das Geschäftliche müssen Sie mit Vasari besprechen«, unterbricht ihn Immendorff, »dafür
kriegt der seine Provision. Vasari gestaltet die Zusammenhänge. Ich bin hier nur für die Kunst zuständig,
und ich muss Sie jetzt ersuchen, zur Sache zu kommen.
Wenn Ihnen dabei ein kaltes Getränk hilft, halten Sie
sich nicht zurück.«

Seine Stimme hat jetzt, man kann das nicht anders ausdrücken, eine eindeutig nasale Färbung angenommen, was vielleicht dem Thema angemessen ist, doch Kennern von Immendorff nichts Gutes verheißt. Die beiden Assistenten, die am anderen Ende des Ateliers zwei Leinwände grundieren, sind zwar außer Hörweite, haben den drohenden Umschlag der Stimmung aber über andere Schwingungen aufgenommen. In wilden Bögen spachteln sie ihren Leim oder ihren Kreidegrund auf die gespannte Unterlage, als lieferten sie sich einen sportlichen Wettbewerb.

»Kunst ist Verwandlung, haben wir vorhin besprochen«, sagt der Gast, der seit geraumer Zeit mit den Zahlenrädchen am Schloss seines Lederkoffers spielt. »Wenn ich diesen Gedanken einmal spekulativ aufgreifen darf, dann kommen mir zwei verschiedene Visionen. Die erste ist bekannt: Man kann Kunst in Kapital verwandeln. Wenn man geschickt ist. So banal das klingt, ich rede hier von einem knallharten Fakt. Da müssen Sie mir zustimmen, und deshalb habe ich diesen kleinen Koffer dabei.«

»Ich sehe und ich höre«, sagt Immendorff. Er ist zuvor kurz aufgestanden, um den Assistenten eine Anordnung zuzurufen, in der das Wort »Hampeln« gleich mehrfach vorkommt.

»Das Problem des Kunstwerks liegt aber immer auch in seiner Materialität, das ist mein zweiter Gedanke«, fährt der Gast fort, der weiter die golden glänzenden Verschlüsse des Lederkoffers hochspringen lässt und gleich wieder in ihre Fassung drückt, »die Objekte, das ist als Gedanke genauso banal, die Werke, mit denen Sie berühmt wurden, lieber Professor Immendorff, brauchen Raum oder Räume, Wand oder Wände, sie brauchen Ausdehnung, damit man sich auf sie fokussieren kann. Ausdehnung ist, vom Markt aus betrachtet, mittlerweile ein erheblicher Kostenfaktor.«

»Ich habe auch Aktionen gemacht, in denen ich nur mit einer Schachtel an der Hacke um den Bundestag marschiert bin. Das waren singuläre Demonstrationen. Zerstörungen, könnte man sagen. Über den Raum musste ich mir keinen Kopf machen. Vielleicht sagt Ihnen ja der Name Lidl noch etwas. So hießen die Akteure. Waren damals in der Kunstszene nicht ganz unbekannt.«

»Ist heute genauso. Natürlich anders. Ganz andere Zusammenhänge. Lidl zählt aber zu meinen besseren Kunden, worüber ich hier aber nicht sprechen möchte. Steht auch in keinem direkt betriebswirtschaftlichen Zusammenhang mit unserem heutigen Meeting. Ist ja eher in der Low-Price-Kategorie. Aber ich merke, dass wir beide uns auf derselben Spur bewegen.«

Diesmal lässt der Gast mit einem flinken Fingerspiel den Deckel seines Koffers hochspringen. Der Betrachter der Szene ist jetzt nicht mehr überrascht, eine sehr dicht gestaffelte Schar gebündelter Banknoten in grünen und braunen Farben zu erblicken. Die Gruppen der Noten tragen Banderolen, die allerdings, vergleicht man sie mit dem einschlägigen Schmuck namhafter Zigarren, nachgerade nüchtern, fast kleinmütig wirken.

Der Gast streicht mit der offenen rechten Hand über die Bündel, nein, er segnet sie, vielleicht will er aber auch nur ihren Geruch im Atelier verbreiten.

»Der Kalk von dem Kreidegrund, diesem Grundierweiß, das Ihre Mitarbeiter dahinten auf Ihre Leinwände pinseln, dieser angenehme, leicht säuerliche Ton, merken Sie, wie gut er sich verträgt mit dem Aroma der Scheine?«

»Meine Assistenten, merken Sie sich das bitte, pinseln nicht«, sagt Immendorff, in dessen Gesichtszügen sich Befremdung, ja Ekel und lustvolle Neugier eine Auseinandersetzung liefern, deren Ergebnis schwer abzuschätzen ist. »Worauf wollen Sie eigentlich hinaus?«

»Kein Objekt aus dem klassischen Angebot. Also kein Bild und auch keine Plastik. Das überlassen wir unseren Museen. Oder den Investoren aus der Privatwirtschaft. Auch, Gott bewahre, nicht so etwas Schreckliches wie Kunst am Bau. Grauenhaft, was da alles passiert. Eher wieder einen Schritt in die Richtung, aus der Sie einmal gekommen sind und über die wir gesprochen haben.«

»Sie meinen Lidl?«

»Völlig richtig, doch was ich plane, muss selbstverständlich in einem radikal neuen Design auftreten. Ganz neues Marketing. Innovativ und dennoch traditionsbewusst. Was haben Sie damals als Organisation Lidl alles gestaltet? Mal abgesehen von dem Marsch um den Bundestag?«

Immendorff winkt ärgerlich die Sekretärin zurück, die gerade auf einem Tablett eine Schachtel Zigaretten und einen Schreibblock in die Runde tragen will. Er nimmt die Geste aber gleich mit einem großen Kreisen des rechten Arms zurück, wirft einen Blick auf die Notizen und reißt die Packung auf. Die Sekretärin gibt ihm Feuer, knickst aber nicht dazu. Immendorff wirft einen schnellen Blick auf den Block.

»Mit dem Klaus Staeck haben wir 1972 in Heidelberg mal eine Gegenolympiade zu München veranstaltet. Da bin ich, wenn ich mich richtig erinnere, im Hundertmeterlauf an den Start gegangen. Als schon damals starker Raucher. Gewonnen hat jemand anders.«

Der Gast spielt jetzt versonnen mit zehn Fingern auf den gebündelten Geldscheinen. »Also doch auch wieder die Eroberung eines Raumes, wenn auch nicht als Sieger. Da könnten wir in Zukunft etwas Lukratives bewegen, wenn wir, wovon ich jederzeit ausgehe, zu einer finanziellen Verständigung kommen.«

Immendorff blickt auf seine Uhr, deren Ziffernblatt

einen Affen zeigt, der in seinen Händen einen gewaltigen Pinsel umklammert. »Ihr Vorschlag, wenn er denn heute noch erfolgt, sollte bitte noch vor Beginn der Tagesschau kommen.«

»Ich verhandele nicht gerne unter Zeitdruck. Aber Sie haben schon gemerkt, in welche Richtung mein Angebot gehen wird. Wir, also meine Firma, wir heben den Raum auf, dadurch, dass wir Düfte entwickeln, die neue Räume entstehen lassen. Wer an die Aufhebung des Raumes denkt, der denkt auch an Immendorff. Denkt an die Weltmarke ›Neuer Deutscher Expressionismus‹. Denkt an den Aktionskünstler Jörg Immendorff. Den innovativen Kerl mit der Schachtel am Bein. Stellen Sie sich einmal vor, wir entwickeln einen Duft, der ›Immendorff, Café Deutschland‹ heißt, vielleicht auch ... muss ich jetzt nicht sagen, das wäre doch wie Beuys in der Nase, das wäre ...«

»Vasari hatte schon früher abgesagt und die Sache erledigt«, sagt Immendorff, als wir am nächsten Tag über die Begegnung reden. Mein Zug hat die ortsübliche Verspätung. »Man muss das nicht unbedingt bedauern. Obwohl der kleine Krokodilkoffer, das war schon die Härte. Et kütt eben manchmal, wie et kütt.«
Auf dem Vorplatz des Düsseldorfer Bahnhofs riecht es schrecklich eindeutig nach Reibekuchen.

ZINNSOLDATEN

Im Mai 2003 feiert die Stadt Sankt Petersburg den 300. Jahrestag ihrer Gründung. Der Künstler Jörg Immendorff schenkt ihr zum Fest eine Nase. Er hat noch vier Jahre zu leben.

Die Nase ist aus Bronze und von schwarzer Patina überzogen. Im Marmorsaal des Russischen Museums überreicht sie Bundeskanzler Schröder den Vertretern der Stadt, die Plastik reicht ihm bis zur Brust. Schröder hält eine kurze Rede, in der er an Sankt Petersburg als russisches Fenster zum Westen und als westliches Fenster zu Russland erinnert. In beiden Sprachen gibt es das Bild der Nase, die gegen ein Fenster gepresst wird. In beiden Sprachen weiß man auch, was es bedeutet, seine Nase in fremde Angelegenheiten zu stecken.

»Aber wenn ein deutscher Künstler uns eine Nase schenkt, müssen wir uns sorgfältig überlegen, ob der Vorgang der Einmischung nicht ganz anders, also fundamental positiv bewertet werden muss«, sagt der russische Kulturminister. Das Publikum lacht und greift nach Sektkelchen.

Immendorff lässt eine Rede vortragen, in der die Gräuel der Belagerung der Stadt durch die Soldaten Hitlers sowie die Geister von Nikolai Gogol und von Dmitri Schostakowitsch in den Marmorsaal von Sankt Petersburg gerufen werden. Gogols berühmte Erzählung *Die Nase* entstand hier in den dreißiger Jahren des 19. Jahrhunderts, die den Stoff in Musik setzende Oper einhundert Jahre später. Staatliche Zensur herrschte in beiden Perioden, hatte mit teils traditionellen, teils virtuos neuen Mitteln stets eine hohe Stufe der Perfektion erreicht.

Nicht, dass im Fall der *Nase* ein außergewöhnlicher Spürsinn erforderlich gewesen wäre. Selbst der dümmste Inquisitor im 19. wie im 20. Jahrhundert erkennt Satire, wenn eine Geschichte, die im Milieu staatlicher Würdenträger angesiedelt ist, dadurch Dramatik gewinnt, dass einem Angehörigen dieses Standes plötzlich die Nase abhandenkommt und in einem Laib Brot wieder auftaucht.

Die Frage, wann denn die Verhältnisse für Künstler ärger waren, unter den Zaren oder unter Stalin, will Immendorff nicht erörtern. Er will lediglich klarstellen, dass der schnöde Verlust einer Nase, ganz gleich, wem das Verhängnis passiert, zum Verlust von politischer, von moralischer, von sozialer und nicht zuletzt auch von ästhetischer Wahrnehmung führen muss.

»Das ist korrekt, genau darauf wollte ich hinaus«, sagt der Künstler später, »auf Empfindlichkeiten. Und mit Nasen kenne ich mich aus, da muss ich nur in den Spiegel blicken.«

Dass des Künstlers Absicht an diesem Tag keine größere Aufmerksamkeit findet, hängt mit einer Reihe von Gründen zusammen. Da ist, ganz allgemein, die Abneigung der lokalen Politiker in Sankt Petersburg, über Kunst und Einmischung mehr als nur mit jenem distanzierten Wohlwollen zu reden, das sich ohne Pathosverlust jederzeit in ironische Distanz verflüchtigen kann. Da sind, ganz besonders, die mitgereisten deutschen Journalisten, denen weder der Name Nikolai Gogol noch der des Komponisten Dmitri Schostakowitsch eine begründbare Hoffnung auf Schlagzeilen machen.

Die Vertreter der Presse bewegt in diesem Moment die Frage, ob Kanzler Schröder an diesem Nachmittag vier oder gar nur drei Minuten mit seinem amerikanischen Amtskollegen reden wird, der gerade den Irak bombardieren lässt, und ob sich aus der Länge des Händedrucks ablesen lässt, wie es im Augenblick um die Qualität des deutsch-amerikanischen Verhältnisses bestellt ist. Da hilft es auch nicht, dass Kanzler Schröder nachdrücklich um Aufmerksamkeit für ein Kunstwerk bittet, das eine auffällige Nase zum Symbol für die deutschrussischen Beziehungen erklärt.

»Bringt mich hier raus!«, ruft Immendorff, doch niemand achtet in diesem Moment mehr auf ihn, weil er nach seiner Rede in den Hintergrund getreten ist und weil weiter vorn auf der Bühne gerade ein Gardesoldat umgefallen ist. Soldat ist hier wohl das falsche Wort, es handelt sich um einen Soldatendarsteller, einen baumlangen Kerl in einer schmucken bunten Uniform aus dem frühen 18. Jahrhundert. Die Veranstalter haben zwei Dutzend von ihnen aufgeboten und in einer Doppelreihe antreten lassen. Die Männer stehen schon kerzengerade und regungslos in Brokat und Kunstseide eingeschnürt, bevor die Gäste zur Zeremonie eingelassen werden. Das ist schon eine gute Weile und viele Reden her. Jetzt liegt der rechte Flügelmann wie eine umgekippte Zinnfigur auf der Nase, aus der es leicht blutet. Muskulöse Sicherheitskräfte in eher grobgeschnittenen Anzügen, unter deren Gilets sich überdeutlich kraftvolle Schusswaffen stauen, sind ausgeschwärmt und schirmen die Anwesenden von dem unvorteilhaften Anblick eines wie von himmlischer Hand gestürzten Schutzengels ab. Die Szene löst sich dennoch auf, ohne dass es zu Bewegungen kommt, die auffällig ins Hektische abzweigen. Politiker wissen um die Bedeutung der angemessenen Taktfolge von Auftritten und von Abtritten. Die Nase wahrt übrigens jenen Abstand, den das Protokoll erheischt.

Die Geschichte von Sankt Petersburg und die Geschichte der Bleisoldaten fügen sich spätestens in jenem Moment zu einem kulturpolitischen Ganzen, als die Zarin Katharina ihre Umgebung wissen lässt, dass ihr Gemahl Peter das Spiel mit Blei- oder Zinnsoldaten dem ehelichen Verkehr vorzieht.

Für die heutigen Hersteller der Figuren darf die historische Verbürgtheit dieser Anekdote keine Rolle spielen, sie wird schlicht als Tatsache vorausgesetzt und dem Hotelgast der Stadt in mehreren Prospekten auf dem Nachttisch und der Konsole neben dem Fernseher ins Bewusstsein gerufen.

In das Hotel kann sich Immendorff zu Fuß bewegen. Das Wetter behält heute eine frühlingshafte Milde, und die Sicherheitskräfte haben die Innenstadt von Passanten freigebürstet. Auf dem Newski Prospekt trifft der Künstler nur auf wenige, athletisch gebaute Männer, vor deren Brust postkartengroße Plastikausweise baumeln, wie Kinder sie tragen, die unbegleitet auf eine Flugreise geschickt werden.

»Ich habe als Kind am allerliebsten mit Zinnsoldaten gespielt«, sagt Immendorff, der sich eine Zigarette hat

anstecken und den dicksten Katalog aufblättern lassen.
»Stundenlang. Mit meinem Vater, der mich immer besiegt hat. Ich kann heute noch das Gefühl der Niederlage abrufen. Wie ich nicht weinen konnte, obwohl ich das eigentlich wollte. ›Haltung‹, hat mein Vater gerufen, wenn es wieder so weit war, ›sonst wirst du nie ein anständiger Soldat.‹«

Und das Märchen von Hans Christian Andersen, die Geschichte von dem einbeinigen Zinnsoldaten, der sich in die niedliche Tänzerin aus Papier verliebt, hat ihm der Vater die auch erzählt?

»Wieso hatte der nur ein Bein?«

Es gab nicht mehr genug Zinn für zwei Beine. Er war der letzte seiner Reihe. Aber dafür war dieser Soldat mit einem Bein besonders standhaft. Als er durch den bösen Zauber eines eifersüchtigen Kobolds vom Fensterbrett auf die Straße fiel und ins Abwasser gespült wurde, bewahrte er stets die vorhin erwähnte Haltung. Erst als er nach vielen Verwicklungen seine Tänzerin wiederfand, die auch ihre Haltung bewahrt hatte und deren linkes Bein starr in die Luft zeigte, da überkam den Soldaten eine tiefe Bewegung. Da war er, wie es bei Andersen heißt, nahe daran, Zinn zu weinen. Aber das gehörte sich ja nicht, fügt der Erzähler hinzu.

Immendorff bringt mit einem Schwung aus der Hüfte die Hand des angewinkelten rechten Arms in eine

Stellung, die es erlaubt, den Zigarettenstummel aus den Lippen zu ziehen und über einem Aschenbecher abzuwerfen.

»Die erste Zeichnung, an die ich mich erinnern kann, die kam von meinem Vater. Der hat mir so eine mechanische Zeichnung gezeigt. Weiß ich noch wie heute. Ist mir ganz präsent – wie man Soldaten von der Seite zeichnet. So ein rundes Ding und mit Stiefel. Das habe ich immer nachgezeichnet, das ging auch an der Akademie so. Ich habe dann auch Soldaten so gemalt. Ich habe alles wie ein Staubsauger eingesogen und wieder herausgelassen. Auch so einen Aschenbecher von meiner Mutter, den habe ich jetzt noch in Düsseldorf in der Wohnung stehen. So ein kleiner Metallvogel, hässliches kitschiges Ding mit fies roten Augen. Den habe ich sofort gezeichnet, verfremdet und immer wieder als Vorlage benutzt. Er wurde zu etwas von mir. Wie der Soldat. Man darf sich in der Kunst einfach nicht außen vor lassen. Das ist eine Grundvoraussetzung. Die ist zentral. Man redet ja immer von sich selbst. Auch wenn man phantasiert und angeblich nur ein Märchen erzählt. Wie zum Beispiel ...«

Immendorff bricht ab, der Zimmerkellner hat einen Wodka Tonic gebracht. Aus dem hohen Glas ragt ein knallbunt geringelter Strohhalm, den zwei Fingerbreit von der Spitze eine kleine russische Papierflagge ziert.

»Und die Geschichte von dem Zinnsoldaten, weiß man, wie die zu Ende geht? Traurig?«

Ist ihm gerade aufgefallen, wie oft er »man« sagt, wenn er »ich« meint?

»Ich fand das Militärische immer ganz spannend«, sagt Immendorff, als sei das eine direkte Antwort auf die Bemerkung. »Ich bin meinem Vater dankbar, dass ich seine Riesensammlung von Uniformbüchern benutzen durfte. Alles, vom Dreißigjährigen Krieg bis zu den Husaren. Echt spitze. Aber diese Geschichte von dem Hans Christian Andersen, das Märchen, wie geht das aus?«

Der Zinnsoldat wird von einem Karpfen gefressen, der Karpfen landet in der Wohnung der Familie, aus deren Fenster er gefallen ist. Die Köchin schneidet den Fisch auf, findet den Soldaten, stellt ihn in der Stube auf den Tisch, dort greift ein Bub nach dem Spielzeug und wirft es in den Ofen.

»Ein Zinnsoldat ist kein Spielzeug.«

Dem Zinnsoldaten sind auf seiner Reise durch die Abwässer die ganzen Farben abhandengekommen. Jetzt steht er im Feuer und schmilzt, aber er bleibt standhaft und blickt auf seine Tänzerin, die ein Windstoß erfasst hat und ...

Immendorff drückt mit der Spitze des rechten Ellenbogens den mattgoldenen Ring am Ende einer reichlich bestickten Schärpe nach unten, mit der das Hotel-personal gerufen wird.

»Aber warum hat der Junge den Zinnsoldaten über-haupt in den Ofen geworfen?«

Andersen schreibt: »Es gab keinen Grund dafür.« Er schließt aber nicht aus, dass der böse Kobold seine Hand im Spiel hatte.

»Es gab *keinen* Grund dafür, das wäre wahr und viel schlimmer.«

SHANGHAI

In Shanghai ist es an diesem Tag, der übrigens im Kalender rot angestrichen wird, heiß und feucht, wie praktisch immer, wenn hier in den Sommermonaten vom Wetter die Rede ist. Die Markierung des Datums verdankt sich dem Umstand, dass vor gut achtzig Jahren in Shanghai die Kommunistische Partei Chinas gegründet wurde.

Jörg Immendorff hegt Sympathien für Geschichte und Leistungen der Partei, so wie sie ihm mitgeteilt wurden, und hört sich daher heute aufmerksam den Vortrag eines höheren Kaders der Genossen an. Nicht jeder wird an diesem Tag mit einer öffentlichen Rede geehrt.

Der Funktionär, der zunächst etwas umständlich erklärt, er spreche im Namen eines für die bildende Kunst zuständigen Zweiges der örtlichen KP, doch nicht für das Stadtkomitee, trägt ein dunkelblaues Gewand mit steifem Kragen, wie es spätestens seit Mao von chinesischen Würdenträgern erwartet wird. Dass er einen höheren Rang bekleidet, erschließt sich aus der Zahl der Jackentaschen und der dort untergebrachten Schreibgeräte. Auf einem Programmblatt, das zuvor auch an den Ehrengast verteilt wurde, steht sein Name, wobei der Vorname gleichlautend mit dem Nachnamen ist. Als Immendorff später von der Zeremonie erzählt, erinnert er sich nur noch an diese Verdoppelung, den Namen selbst hat er vergessen. Er nennt ihn Herrn Ding Ding, was nicht despektierlich gemeint ist, doch auch nicht unbedingt den Tatsachen entsprechen muss.

Herr Ding Ding, um hier den Namen zu übernehmen, erklärt dem Gast und seinen Genossen zunächst Grundlinien des Sozialismus sowie der sozialistischen Kunstlehre und bringt dann den künstlerischen Werdegang Immendorffs in formgerechte Übereinstimmung mit der weltwirtschaftlichen und der kunstgeschichtlichen Entwicklung der amerikanischen und der europäischen Nachkriegszeit. Er redet einfach und sehr ausführlich und wischt immer wieder Schweißperlen von seinem kahlen Schädel.

Immendorffs Dolmetscher sitzt auf einem kleinen Schemel neben dem Gast und liest seine Übersetzung vom Blatt:

»Immendorffs Malerei ist eine zutiefst sozialistische Malerei. Den Marxismus hat er tief begriffen. Seine

Kunst ist aber gleichzeitig auch ein Protest gegen den von der reaktionären amerikanischen CIA propagierten Abstrakten Expressionismus, weil sie die Werte und die Verunsicherung der europäischen Kultur nach dem Zweiten Weltkrieg zeigt. Der US-amerikanische Imperialismus hat sich damals der ursprünglich von französischen und niederländischen Kunstschaffenden entwickelten Formen des Modernismus, des Abstraktionismus und des Minimalismus bemächtigt und diese schäbig ausgebeutet. Er hat sie besetzt und zu einer Waffe im internationalen Klassenkampf geschmiedet. Immendorff ist dagegen ein aufmerksamer Schüler der Frankfurter Schule des Marxismus.«

Immendorff hält beim Zuhören die Augen halb geschlossen und greift bisweilen an den sehr eng sitzenden Kragen seiner Jacke. Vermutlich hat der Zufall gefügt, dass auch er heute eine dunkelblaue Jacke chinesischen Schnitts trägt. Allerdings mit nur zwei Taschen, in denen naturgemäß keinerlei Schreibgerät steckt. Der Schweiß rinnt vom Hinterkopf den Hals herab.

Die Veranstaltung findet im fensterlosen Seminarraum eines genauso mehrstöckigen wie gesichtslosen Gebäudes unweit des Bahnhofs statt. Die Innenräume der Anlage wurden erst vor ganz kurzer Zeit neu getüncht. Der frische Putz verstärkt das Raumklima ungünstig.

Ein schwarzmetallener, auf mehreren hölzernen Stützen ruhender Projektionsapparat, dessen Entstehungsjahr für hiesige Verhältnisse ungewöhnlich lange zurückliegt, verschafft weitere Erwärmung.

Zu erwähnen wäre noch, dass damals auf chinesischen Bahnhöfen, Shanghai macht da keine Ausnahme, die Ankunft und die Abfahrt von Zügen mit Geräuschen von einem akustischen Großeinsatz der Ohrenbetäubung begleitet wurden, der sich auch auf benachbarte Gebäude erstreckte. Ob dort gerade über die ideologische Rolle von Abstraktem Expressionismus zur Verbreitung nordamerikanischer Ansprüche auf die Weltherrschaft geredet wird, spielt für die Verantwortlichen der Staatsbahn keine Rolle. Sie lassen grelle Pfeifen, tiefe Hörner und schrille Sirenen ausschließlich für eigene Belange ertönen. Verkehr, denkt Immendorff, das lehrt uns bereits Lenin, ist schließlich die Grundform der Kommunikation. Verkehr ist inszeniertes Bild. Immer geht es um das Empfangen und Versenden. Vermutlich rinnt der Schweiß über Immendorffs Brust genauso heftig wie über den Rücken, dessen dunkle Partien jetzt an einen abstürzenden Adler erinnern.

»Die mittleren Klassen der europäischen Gesellschaft waren besonders anfällig für die Verlockung dieses künstlerischen Einflusses aus dem Stammland des Imperialismus«, ruft im Seminarraum der Redner. Gerade ist ein weiterer Zug zu seiner Bestimmung aufgebrochen. »Das war 1965, zur Zeit des europäischen Wirtschaftswunders, als Immendorff auf Anweisung seines Lehrers Beuys die Erzeugung eines toten Hasen zum Kunstwerk erklärte.«

Wie gesagt, Lärm, Feuchtigkeit und Temperatur sind schwer erträglich, kein Wunder, dass Genosse Ding Ding schon nach seinem zweiten Taschentuch greift, um es über Gesicht und Schädel zu führen. Überraschend ist nur die Disziplin, die der deutsche Zuhörer dieses immer weniger auf ein nahes Ende deutenden Vortrags zeigt. Immendorff ist nicht dafür bekannt, dass er erlittene Widrigkeiten mit glücklichem Lächeln quittiert.

Jetzt wendet er den Kopf zur Seite, und einige günstig platzierte Zuhörer entdecken tatsächlich ein Mienenspiel, das schwerlich anders als »glücklich« gedeutet werden kann. Kann das mit den Worten des Redners zusammenhängen, der gerade erläutert: »Nach dem Ende des Zweiten Weltkriegs wollten die deutschen Künstler die bittere Niederlage ihres Landes überwinden und wieder dieselbe Bedeutung erringen, die sie früher hatten, bevor die Nazis in ihrem Land und auf der ganzen Welt so viel Schaden in der Kultur angerichtet hatten. Dazu mussten sich die jungen deutschen Maler unter ihrem Anführer Joseph Beuys an die Aufgaben und die Verantwortung des Expressionismus erinnern. Das war aber nicht der Expressionismus von Malern wie Herrn E. Nolde und Herrn E. Kirchner. Die ernsthaften Anstrengungen waren auch ganz besonders nicht vergleichbar mit dem Abstrakten Expressionismus, der sein Hauptquartier in den imperialistischen USA hatte und eine giftige Tendenz vertrat, der in Deutschland erbitterter Widerstand entgegengesetzt werden musste ...«

Immendorff lächelt glücklich, weil er eingeschlafen ist und vom heutigen Vormittag träumt, den er im früher von den Franzosen okkupierten Teil Shanghais verbracht hat. Eine junge Kunststudentin hat ihn an die klassischen Erinnerungsorte in der ehemaligen Rue Wantz Nr. 106 und der Rue Auguste Boppe geführt. Dort, in einer der feuchten Sommerhitze wegen verwaisten Mädchenschule, waren im Juli 1921 die Delegierten abgestiegen, nebenan kam es zu jenem denkwürdigen Treffen, das Geschichtsbücher später als die Geburtsstunde der Kommunistischen Partei festhielten.

In ganz Shanghai gibt es keinen ruhigeren Ort der historischen Besinnung. Immendorff und die junge Studentin, von der man auch sagen darf, dass ihre Deutschkenntnisse vorbildlich, ihre Bewunderung des Immendorff'schen Werks herzergreifend und ihre Erscheinung ein Fest fürs Auge sind, haben das Gebäude der Mädchenschule fast für sich allein. Der Geburtsort der Kommunistischen Partei gilt mittlerweile weder für ausländische noch für einheimische Touristen als Gralsburg. Und wer sich heute hier trifft, läuft auch keineswegs Gefahr, von französischen Gendarmen vertrieben zu werden, wie es den zwölf Delegierten an jenem historischen Datum geschah.

Im Vorgarten riecht es allerdings ein wenig streng nach Geranien – Blumen, die Immendorff überhaupt nicht schätzt. Doch eine etwas schleppende, mechanische Bewässerungsanlage sorgt für ein Gefühl von milde gefächerter Kühlung. Man kann sich den Akt der Parteigründung als ein kühn und angenehm temperiertes Spektakel vorstellen. Das Museum bewahrt dem Versammlungstisch, den Teetassen und auch den gesäuberten Aschenbechern der Parteigründer ein ehrenvolles Gedächtnis. Aus der Unterkunft der chinesischen Verschwörer wird für das Unterbewusstsein von Immendorff auch die Schablone Mädchenschule ihre Reize ausüben. Revolution und Eros sind Themen, die dem deutschen Künstler stets als notwendig vereinbares Postulat erscheinen.

So also dürfen wir uns den Traum vorstellen, der den Anlass zu Immendorffs glücklichem Lächeln im Vorlesungssaal nahe dem Shanghaier Bahnhof gibt. Die dröhnende Ankunft, vielleicht auch die Abfahrt eines Zuges reißt ihn aus diesem Traum und versetzt ihn in die Wirklichkeit eines späten Nachfahrens jener Gründungsmitglieder, der mit seiner Rede noch immer nicht zu Ende gekommen ist und gerade sagt: »Man kann die Bilder von Immendorff in verschiedene Typen gliedern, die alle den Widerstand des Bildes gegen den amerikanischen Abstraktionismus an die Front der Werktätigen bringen. Wir unterscheiden die folgenden fünf Typen, wir unterscheiden somit: abstrahiertes Bild, entstelltes Bild, geheimnisvolles Bild, verzerrtes Bild und verrücktes Bild. Der künstliche Raum in der Kunst ...«

Was Herr Ding Ding über Immendorff und den künstlichen Raum in der Kunst noch hat ausführen wollen, werden wir an diesem Tag nicht erfahren, denn der Künstler drückt sich aus seinem Stuhl, macht eine Verbeugung vor dem Redner und verlässt den Saal.

»Der Kerl, dieser Herr Ding Ding da am Vortragspult, sah aus, als hätte er mich vorher im Spiegel gesehen«, sagt Immendorff am Abend nach der Veranstaltung. »Ich bin wohl kurz eingenickt, dann wache ich auf und denke: Da oben steht mein magerer Doppelgänger.«

Die Kunststudentin, deren Anmut bereits erwähnt wurde, hat ihre Magisterarbeit übrigens über Jackson Pollock verfasst. Jetzt assistiert sie ihrem Vater, der, das gehört hier überhaupt nicht zum Thema, jahrelang Tänzer klassischer chinesischer Frauenrollen in Hollywood war, wenn dort chinesische Tänzerinnen gesucht wurden. An diesem Abend beaufsichtigt er den von deutschen Sponsoren finanzierten Empfang, der für Immendorff auf der Dachterrasse seines Hotels gegeben wird. Die Temperaturen und die Werte für die Luftfeuchtigkeit bewegen sich mittlerweile in Bereichen, die den geladenen Herren das Tragen weißer Smokings gestatten.

»Gut, dass ich geschlafen habe«, sagt Immendorff, »weil, als ich meinen Doppelgänger da vor mir sah, der hat ja auch genauso geschwitzt, und wie ich dann den Dolmetscher hörte, da dachte ich kurz, so einen Stuss habe ich früher hoffentlich nie geredet.«

Er lässt sich eine Zigarette anzünden.

»Ausschließen wollen wir das unter Genossen natürlich nicht, diese Perspektive«, fügt er hinzu. »War ja damals alles sehr verschärft, als ich das auch so ausdrücken wollte. Und Stuss direkt war das ja auch nicht. Nur war es eben, von uns aus betrachtet, die reine Kunst. Was ja schon einmal einen gewaltigen Unterschied ausmacht, den man erst mal verstehen muss.«

Es ist schon seit zwei Stunden keine feuchtheiße Sommernacht in Shanghai mehr, Bahnhof und Gründungslokal der Kommunistischen Partei liegen fast gleich weit entfernt von der Hotelterrasse. Der Dunst hat sich noch nicht verzogen.

IL SOGNO

Später wird er behaupten, dass die Geschichte mit einer Postkarte anfing, die ihm eine Studentin aus London geschickt hatte.

»Ins Atelier nach Düsseldorf, in die Stephanienstraße, also an die allseits bekannte Adresse. Keine Ahnung, wann genau das war. So eine Hochglanzgeschichte vom Stapel im Körbchen, wie man sie im Museumsshop an der Theke vor der Kasse kauft, wenn man sich an ein bestimmtes Objekt erinnern will. Hier handelt es sich um eine Zeichnung von Michelangelo. Ich weiß sogar noch, wo ich das Teil damals hingepinnt habe. Irgendwo über der Couch dahinten. War ja kein großes Ding.«

Immendorff deutet auf einen Winkel, über dem die ausladenden Glasfenster lange nicht mehr gereinigt wurden. Aber auch bei besseren Lichtverhältnissen würde der Betrachter kein Möbelstück, nur einen breiten Stapel von Leinwänden erkennen, über die scheinbar achtlos Bahnen aus hellgrauer Pappe geworfen wurden.

»Dahinten, auf der Couch, habe ich manchmal ge-
träumt, wenn mir nichts mehr eingefallen ist. Hing
von der Tageszeit und der Stimmung und der jeweili-
gen Dröhnung ab. Man hat ja nicht immer die gleiche
Kraft.«

Erinnert er sich noch an den Text, an die Zeilen, die
ihm die Studentin auf die Rückseite der Karte geschrieben hat?

»Das Wichtigste war natürlich die Zeichnung auf der
Vorderseite. Hängt in London, in diesem kleinen, aber
Spitzenmuseum. An der Straße, wo früher die Zeitun-
gen gemacht wurden. Hieß die Fleet Street? Nicht weit
von der Themse. Nein, Tomma, also diese frühere Studentin, schrieb irgendetwas völlig Belangloses, ich sehe die Zeilen noch vor mir. Ziemlich übertriebene
Handschrift. Expressiver Schnörkel. Sie schrieb, dass
sie, Moment ...«, Immendorff richtet sich im Sessel auf,
blickt zur Decke und schließt kurz die Augen. »»Habe
mir auf der kleinen Bank vor der Zeichnung sehr langsam die italienischen Schuhe ausgezogen und an Dich
gedacht‹, korrekt, so, exakt, lautete der Text«, sagt er
und schaut für einen Moment wie ein sauber frisierter,
selbstzufriedener Schüler, der jetzt für seinen fehler-
losen Gedichtvortrag gelobt werden will.

Die italienischen Schuhe?

»Tomma hatte so eine Schwäche für Schuhe aus Italien.

Von einem ganz bestimmten Designer. Ich hab ihr mal ein Paar von dem Typen besorgen lassen, als ich auf der Biennale war. Sie wollte sich dann bedanken, und bei der Gelegenheit habe ich nur gesagt, sie solle die Schuhe einmal für mich anziehen und dann ganz langsam wieder ausziehen. Das ist schon die ganze Geschichte. Ein Scherz, weiter nichts. Tomma war nicht der Typ Frau, auf den ich stehe.«

Immendorff greift nach einem Stift und zieht über den Block, der vor ihm liegt, Linien, die an die Umrisse von Wolken, von glatten, manchmal auch behaarten Tierschwänzen, bisweilen auch von gedankenlos prallen Würsten erinnern.

»Tomma war auch noch auf eine ganz besonders nervende Weise jung und beweglich. Wenn sie in der Akademie die Treppen hochsprang, diese Schnellkraft, dieser kurze Ausdruck, wenn der Po sich gegen die engen Jeans drückte, Zack, Vollmond, dann wieder Entspannung. Im Zeichnen war Tomma übrigens eine totale Pfeife. Sonst gab es da nichts, außer vielleicht ihre Herkunft, irgendwas von Adel aus Rom, warte mal, Pompi oder so ähnlich.« Der kräftige Mann in heller Trainingshose und kurzärmeligem, hellgelbem Hemd, der jetzt die Tür zum Atelier aufdrückt, unterbricht die Erinnerung an Tomma. »Zeit für Ihre Massage, Herr Professor«, ruft er und winkt mit dem rechten Arm.

Auf dem kräftigen Beugemuskel verzieht der dort ein-
tätowierte Totenschädel seine Stirn.

»Ich lass mir jetzt das Alter auskneten und bin in einer halben Stunde wieder da«, sagt Immendorff, »die
Postkarte, das fällt mir gerade ein, müsste noch da vor-
ne liegen, bei den aufgerissenen Umschlägen unter dem
Aschenbecher.«

Aus der Nähe betrachtet, kann auf der Karte von Hoch-
glanz keine Rede mehr sein. Zahlreiche Abdrücke von
Daumen, die Spuren verschiedenster Farbstoffe aufwie-
sen, lassen die Randzonen der Oberfläche ausschauen
wie ein vor langer Zeit eingetrocknetes Stempelkissen.
Das Original ist dennoch deutlich zu identifizieren.
Die Kunstgeschichte kennt das Werk unter dem Titel
Sogno de la vita humana, auf Deutsch *Traum vom
menschlichen Leben*. Es zeigt die Gestalt eines aus der
Höhe mit weit ausgebreiteten Flügeln herabstürzen-
den Engels, dessen himmlische Posaune sich auf die
Stirn eines nackten jungen Mannes richtet. Offenbar
geht es um eine Botschaft.

Michelangelo vollendet die Zeichnung im Herbst 1533,
da ist er achtundfünfzig Jahre alt. Jacobino del Conte
hat ihn um diese Zeit porträtiert, sein Gemälde zeigt
einen hageren, fast ausgemergelten Mann mit sehr hoher und sehr zerfurchter Stirn. Der Vollbart ist noch
von kräftigem Schwarz, die dunklen Augen glühen,

dunkles Tuch bedeckt den Körper und gibt nur die linke Hand frei, die in ihrer übergroßen Ausformung wie ein militärisches Emblem oder das Aushängeschild eines berühmten Zunftmeisters aus der Finsternis aufleuchtet. Eine mit äußerster Sorgfalt ausgeführte Hand, die vielleicht Respekt, Kompetenz, Beherrschung, in keinem Fall aber den Gedanken an zärtliche Berührung, an Liebkosungen, an erregendes Streicheln heraufbeschwört. Das Bild eben eines strengen, sich vom Leben bereits abgewandt habenden Asketen. Michelangelo soll das Porträt sehr geschätzt haben, vermerkt ein Biograph.

Die Zeichnung erzählt eine ganz andere Geschichte. Sie erzählt von wilden Träumen, in denen unverhohlen geschlechtliches Begehren eine große Rolle spielt und verschiedene, mit beeindruckender Liebe noch zum kleinsten Detail ausgeführte männliche Hinterteile, Rücken- und Schenkelpartien die Aufmerksamkeit des Betrachters auf sich ziehen. Von den sieben Todsünden, die das Werk angeblich angeregt haben sollen, hat sich mit aller Macht so recht nur die Lust durchgesetzt. Dem nackten, gelockten Jüngling, der an einem runden Stein lehnt, welcher vielleicht die Hemisphären des irdischen Globus, vielleicht aber auch nur etwas hochgewölbt Rundes mit enger Furchung darstellt, bläst der ebenfalls nackte Engel diese Botschaft jedenfalls mit voller Wucht an die Stirn. Und so machtvergnügt, wie diese Himmels- oder Höllengestalt die Zeichnung durchfliegt, darf man überzeugt sein, dass die Stirn nicht das einzige Ziel bleiben wird, auf die er sein Mundwerk richtet. Verhüllung, das mögliche Raffinement etwa von delikat gewobenen, daher nur mit viel Einbildung durchsichtigen Stoffbahnen, die vielleicht ein heftiger Wind, vielleicht ein leise begehrliches Tasten oder ungestümes Zurren in aufreizende Bewegung gebracht haben, all das fehlt. Gesündigt wird im Freien und bei besten Lichtverhältnissen. Besonders herausfordernd ist die Darstellung der erwartungsvoll gespreizten Schenkel des jungen Mannes: Erregt ist er erkennbar noch nicht. Das Bild zeigt reine Erwartung, einen Traum in seiner Entstehung und stachelt gerade durch diese Zurückhaltung die geneigte Phantasie des Betrachters zu Höchstleistungen an. »Michelangelo geht in dieser Arbeit«, sagt Immendorff, der gerade wieder sein Atelier betritt, er trägt jetzt übrigens einen weißen, in kleinen Karrees frottierten Bademantel, »er geht unheimlich direkt zur Sache. Spielt doch keine Rolle, ob der jetzt schwul war oder nicht.« Aber warum hat jene Tomma ausgerechnet für ihn dieses Motiv ausgesucht?

Immendorff greift nach der Karte und betrachtet das Bild noch einmal unter einem Vergrößerungsglas, als hoffe er auf einen Hinweis, der ihm bislang entgangen war. Nach einer kurzen Weile schüttelt er den Kopf, steckt die Karte in die Tasche seines Umhangs und zündet sich eine Zigarette an.

»Keine Ahnung! Ein paar Mal, da hatte sie aber immer schon einen sitzen, sagte sie, ich würde erst dann ein ganz großer Künstler werden, wenn ich den Mut hätte, rücksichtslos Grenzen zu überschreiten. Rücksichtslos, genau so hat sie sich ausgedrückt. Vielleicht hat das den Anreiz für den kleinen Gruß gegeben. Kann aber auch sein, dass ich ihr irgendwann erzählt habe, wie gern ich Theater mache. Denn schlussendlich ist das, was Michelangelo da mit seinen Strichen veranstaltet, ja nichts anderes als ein wahnsinniges Spektakel, ganz große Oper, bevor es das gab, nur eben zweidimensional. Eine mit tollen Bewegungen der Hand ins Bild gesetzte Sauerei, wo du sogar noch glaubst, du könntest das geile Stöhnen und das heisere Schreien und das verzweifelte Seufzen aller Beteiligten, der Täter wie der Opfer, im Hintergrund hören.« Der Stummel der Zigarette landet auf dem Boden des Ateliers, die linke Badesandale von Immendorff erdrückt ein letztes Rauchsignal. »Zur Sache eben, immer direkt zur Sache«, wiederholt er, zieht die Karte wieder aus der Tasche, setzt sie sorgfältig mit einem Streichholz an allen vier Ecken in Brand und lässt das Objekt wie eine entflammte Montgolfiere aus der Hand gleiten. Die Karte deutet ein paar Kreisbewegungen an und stürzt unbeholfen neben der gerade ausgetretenen Kippe zu Boden. Immendorff wirft einen kurzen Blick auf das Gluthäufchen und winkt einem Assistenten, der mit einer kleinen Schaufel die Asche aufkehrt.

»Als ich sieben oder acht Jahre alt war, hat mir meine Mutter oder mein Vater, die waren damals schon getrennt, zu Weihnachten einen Filmprojektor und einen Film geschenkt. Was war das damals? Wahrscheinlich 16 Millimeter und natürlich Schwarzweiß. Mein erstes Erlebnis mit Porno. Der Film hieß übrigens *Der galante Schupo* und muss irgendwann während der Nazizeit gedreht und dann geschnitten worden sein. Also die Szene, die für mich als kleinen Steppke übrig blieb, selbstverständlich total jugendfrei, war die Anfahrt eines schicken Kabrioletts irgendwo in Berlin, wahrscheinlich Grunewald. Im Auto sitzen ein Mann und eine junge, blonde Frau mit hochgestecktem Haar, der nackte lange Nacken liegt frei. So richtig frei, um ihn zu packen.«

Immendorff formt mit beiden Zeigefingern den Hals einer Vase, die von Giacometti entworfen sein könnte, und prüft mit einem fragenden Blick, ob der Zuhörer die Anspielung einordnen kann.

»Der Wagen hält an, in dem Moment schwenkt die Kamera hoch auf ein Verkehrszeichen, das offenbar schon damals ›Halten verboten!‹ lautet. Kamera schwenkt zurück, die beiden fangen an, einander zu küssen. Erst zurückhaltend, dann voll zur Sache, richtig wild. Das ist meine erste deutliche Erinnerung an Begierde, dass ich im Unterleib so ein heftiges Ziehen verspürte. Von zu Hause, meine Eltern haben sich übrigens nie geküsst, wusste ich ja so dunkel, dass beim Küssen etwas Verbotenes, besser gesagt etwas Sündhaftes entsteht, wenn es nicht bereits vollzogen wird. Und das hat mir unheimlich gut gefallen. Ich ahnte nämlich, da kommt noch was. Da spielt sich noch was Brutaleres ab. Danach ...«

Die Sekretärin unterbricht den Fortlauf der Erzählung mit einem kurzen »Für Sie, Herr Professor!«. In der linken Hand trägt sie ein mobiles Telefon, nennt nur den Namen eines Anrufers und zieht sich mit schnellen Schritten wieder ins Büro zurück. Ihr hellgelbes Schuhwerk mag auch von italienischem Design sein, betont aber das Schlichte und die Länge der täglichen Dienstwege über einen nicht immer ebenen Parkettboden.

Immendorff läuft mit dem Apparat zu dem Stapel von Leinwänden unter der Pappverhüllung, dorthin, wo früher einmal die Couch gestanden haben mag, auf der er seinen Träumen nachhing. Seine heisere Stimme, die gerade fast ein wenig wehmütig geklungen hat, an manchen Stellen sogar eine kindliche Begeisterung heraufbeschwor, schlägt jetzt ansatzlos in jenes Schnarren und Raspeln um, von dem alte Freunde der Familie behaupten, dies sei der grobe Ton des Vaters, der »innerlich nie die Uniform ablegen konnte«, gleichsam eine Art Geburtsgeschenk, das der Künstler nie habe zurückweisen oder einfach unbeachtet lassen können.

»Immer voll auf die Zwölf«, wird später ein Freund sagen, der ihn noch aus den Zeiten an der Akademie in Düsseldorf kennt. »Die Mittel waren ihm immer egal.«

»Aber was einem eben keiner erzählt«, fährt Immendorff fort, der das kleine Fernsprechgerät achtlos einem Assistenten in die Schürze gesteckt hat, »was aber der Michelangelo genau wusste, ist natürlich, dass es sich nur um das Beschwören einer Vorfreude handelt, nicht um deren Erfüllung. Aber das weiß man ja erst, wenn man sich selber einmal ganz konkret auf diese Phantasie eingelassen hat. Dabei lernt man nebenbei auch eine gewaltige Menge über Kunst und über Inszenierung. Und über Enttäuschung.«

Über das Zusammenbrechen einer Illusion, wenn sie erst einmal festgehalten wird?

»Nimm doch mal ein Atelierfest, so wie die früher noch stattgefunden haben. Muss ja keine Orgie gewesen sein.

Tanzen, Knutschen, schräge Musik, jede Menge zu trinken und Reizstoff für die Lunge, hier und da eine geile Schlägerei, dazu tolle Ausschnitte und kurze Röcke, knackige Ärsche, das Auge vögelt ja immer mit, aber das war nicht Vollzug, das war alles nur Erwartung, war, was soll ich sagen, blubbernd auf der Zunge sich bildender Speichel oder ein anderes Sekret, vielleicht auch tastende Hand, die ihren möglichst direkten Weg sucht. Darin lag das Geheimnis, so und nicht anders funktioniert Kunst. Vorbereitung auf die Attacke von Grenzen. Mit Kopf und Hoden und von mir aus auch Eierstöcken. Nicht der Sieg zählt, nur die Siegesgewissheit. Michelangelo hat das begriffen. Hat das mit allen technischen Mitteln des Zeichnens spitzenmäßig umgesetzt. Und Tomma hat gewusst, dass ich in dem Zusammenhang oft nicht viel mehr war als ein Maulheld in der Etappe.«

Da blieb noch das Stichwort Inszenieren!

»Wann immer ich selber versucht habe, eine solche, wie habe ich das oder wie hat Tomma das genannt, ›Grenzüberschreitung‹ in Szene zu setzen, also mit lebenden Personen, in der Tradition des *tableau vivant*, bin ich dabei voll auf die Schnauze gefallen. Einiges kann man ja in der Presse nachlesen. Das meiste ist natürlich Scheiße, und gut weg komme ich nirgendwo.«

LANDGERICHT

Manchmal, nicht immer, hat Immendorff mit seinen irdischen Richtern Glück. Schweineglück, exakt wie im Märchen, sagt er gern, nachdem die Geschichte vorbei ist. »Da steigt einer in ein Bild von mir, das ich so überhaupt noch nicht einmal entworfen, nicht in groben Umrissen skizziert habe, und tut so, als hätte ich ihn inszeniert.«

Die Rede ist hier von Richter Jochen Schuster, der seinen Dienst am Landgericht Düsseldorf versieht und darüber zu befinden hat, ob und wenn ja mit welchem Strafmaß der Angeklagte Immendorff bedacht wird, wenn denn das Gericht zu der Überzeugung kommt, dass der Künstler in jener kaum mehr fraglichen Nacht des 18. auf den 19. August im mit vielen Sternen ausgezeichneten Parkhotel der nordrhein-westfälischen Landeshauptstadt tatsächlich neun Prostituierten die Möglichkeit zum Konsum von insgesamt 21,6 Gramm, davon 6,5 Gramm reiner Wirkstoff Kokain, verschafft hat. Neun oder zehn oder zwölf Damen »aus der einschlägigen Szene«, wie die noch in der Nacht alarmierten Lokalzeitungen in ihren nächsten Ausgaben berichten.

»Ich habe *dreizehn* Mädels eingeladen, die letzten vier waren noch gar nicht da, als die Polizei kam«, lässt Immendorff der Presse ausrichten, allerdings wiederholt er diese Äußerung nicht vor Gericht. »Es ging um eine Inszenierung«, sagt er dort, »es ging um die Inszenierung, hören Sie jetzt einmal gut zu, von einem, ich versuche Ihnen das jetzt zu erklären, also von einem künstlerisch erotischen Traum.«

Er greift in die Rocktasche über der linken Lehne seines Rollstuhls, findet dort eine Tablette.

»Mein Mandant ist Künstler«, fügt der Verteidiger dem allseits Bekannten noch hinzu. Sein Mandant hat sich kurz abgewandt und nimmt das Medikament ein, das er wie Schnupftabak zwischen Daumen und Zeigefinger gelegt hat. Dann blickt er wieder in Richtung des Staatsanwalts und fährt mit müder Stimme fort: »Um ein Spiel mit Brennweiten. Um Perspektiven. Meine Unterhose war die ganze Zeit tabu.«

Der Richter streicht über die Brustpartie seiner schwarzen Robe und lässt sich zum Verfahren mit einer Reihe von Einlassungen ins Protokoll eintragen, die Immendorff oder ein Expressionist aus den zwanziger Jahren des vergangenen Jahrhunderts, vielleicht sogar der

Schriftsteller Heinrich Mann ihm persönlich diktiert haben könnten. Etwa:

»Haben Sie Abitur oder ist das hinderlich für einen Künstler?«

Oder:

»Einen erlernten Beruf haben Sie nicht, außer Maler?«

Oder:

»Wie steht's denn mit dem Saufen?«

Oder:

»Ich kenne Ihre Kunstwerke nicht, nehmen Sie mir das nicht übel. Ich kenne Herrn Beuys, und manche seiner Werke gefallen mir sogar.«

Oder:

»Sind Sie sexuell normal?«

So einen Gerichtsvorsitzenden braucht ein Künstler, dessen Stammbaum weit und dicht in den deutschen Expressionismus zweigt. Die Auftritte von Richter Schuster werden entworfen, als sich Georg Grosz, Heinrich Mann und Kurt Weill auf ein deutsches Gesamtkunstwerk verabreden, dem selbst ein Weltkrieg nichts anhaben kann. Der Jurist Schuster hört vielleicht im Schulunterricht von unbotmäßiger Malerei und bereitet sich früh darauf vor, seinen Platz in einem Winkel von *Café Deutschland* einzunehmen.

Der Gerichtssaal in Düsseldorf, das trägt zum Gelingen des Gesamtkunstwerks bei, hat jene Züge verwegener

Biederkeit der späten fünfziger, frühen sechziger Jahre, die gleichzeitig in die Vergangenheit von Weimar und in die Beständigkeit von Bonn weisen. Irgendwann gelten selbst die Sitzmöbel, das künstliche Licht, die streng geschnittenen Fenster als hemmungslos zeitgemäß, vielleicht fällt damals auch das aufmunternde ästhetische Urteil »modern«.

Über den sich in gleicher Dringlichkeit einprägenden wie sprachlich nicht festzumachenden Geruch der Bestuhlung in jenem Gerichtssaal wollen wir hier nicht reden. Beim Blick über die Sitzreihen, sie sind, wie nach jedem Verhandlungstag in der Presse nachzulesen ist, »prall gefüllt«, fällt einem Betrachter dennoch auf, dass keiner der Freunde, Förderer oder Sammler dort je für eine auffällige, sagen wir: für die Öffentlichkeit erkennbare Aufmerksamkeitsspanne Platz genommen hat.

Immendorff nimmt das nicht wahr, kann es nicht wahrnehmen, denn er hat sich, forensischer Rat wird hier den Ausschlag gegeben haben, in einen Zustand des schamanischen Warteschlafs versetzt. Gut möglich sogar, dass er dabei nicht mitbekommt, wie sich Presse und Publikum gegen den Richter empören. Andererseits bleibt auch ein schlafender Schamane nicht unaufmerksam.

»Man muss das ja alles als Inszenierung verstehen, und da hatte es schon seine guten Seiten gehabt, dass dieser

Richter das Publikum immer wieder auf meine Seite brachte. Gerade auch, wie er die Zeugen behandelt hat. Gerade die Mädels.«

»Er wollte für den Anfang einfach nur, dass wir uns den Finger auf die Muschi legten«, sagt ein paar Tage später eine der Frauen. »Er nannte das so was wie ›Die Venusraupe wird zum Schmetterling‹. Irgendwie künstlerisch, von der Sprache her. Die Desiree hat uns dann erklärt, was er damit meinte.«

»Wenn man da so ein paar Mal an sich gerubbelt hat, bis da was zu sehen war, also, vom Ergebnis her, hat ihm das gefallen. Klar, dann hat er sich auch noch andere Sachen gewünscht, fürs Auge. Aber zu mir hat er auch einmal nur ganz einfach gesagt: ›Du siehst einfach klasse aus.‹ Da war ich noch angezogen, also mit einem Pyjama. Jedenfalls oben. Er hat mir dabei in die Augen geguckt. Was ja nicht normal ist, bei älteren Herren, gerade wenn sie, sagen wir mal, auch beruflich Künstler sind. In jedem Porno siehst du aber schärfere Sachen. Und andere Kunden haben da auch ganz andere Wünsche. Rammeln, das sieht man heute doch auf jeder Wiese unten am Rhein und auf allen Kanälen. Also denen vom Fernsehen.«

Im Prozess wird gleich eine andere Zeugin aufgerufen werden, die, nach der Dauer ihres Aufenthalts im Hotel und nach ihrem Beruf befragt, zu Protokoll gibt, sie sei nur sehr kurz geblieben und arbeite als »Propagandistin«. Dieser Begriff ist berufsrechtlich nicht geschützt, verhilft aber einer aus Hamburg angereisten Journalistin zu einer Einsicht, die sie in der nächsten Verhandlungspause am Mittagstisch des Landgerichts mit einigen ihrer Kollegen teilt:

»Es ging faktisch, und das ist sensationell, um eine Aktion, genau wie damals bei der Lidl-Geschichte in Bonn, als er mit dem Klotz am Bein vor dem Bundestag verhaftet wurde. Um einen Tabubruch. Klassisches Tabu, wenn ihr versteht, was ich meine. Das war damals politisch. Interessiert heute kein Schwein mehr. Heute sehe ich Immendorff als unsere Antwort auf Jeff Koons. Rhein. Versteht ihr, was ich sagen will? Der Fluss. Bonn, also Lidl, die Aktion mit der Kiste, mit dem Klotz, damals, also der Bundestag liegt am Rhein.«

»Lag am Rhein«, unterbricht sie der Berichterstatter aus Frankfurt, dem es, wie stets, um äußerste Genauigkeit in der Wiedergabe des Geschehenen geht, »unsere Hauptstadt *lag* am Rhein. Die Provokation müsste heute in Berlin stattfinden.« Der Reporter täuscht ein Lächeln an und beißt beherzt in eine der Knackwürste, für welche die Kantine des Düsseldorfer Landgerichts zu Recht berühmt ist.

»*Liegt* am Rhein«, beharrt die Frau aus Hamburg, deren Hosenanzug einen auffälligen Stich ins erdbeerig

Cremefarbige zeigt und die zuvor den Kunstprofessor Brock vielleicht eine Spur zu schnell »den guten Bazon« nannte, »Provokationen schaffen sich ihre eigenen Geschichten. Düsseldorf, das Hotel mit den fünf Sternen. Liegt auch am Rhein.«

»Lag am Rhein«, unterbricht der Kollege, der den Faden verloren hat, sich aber noch genau an seine erste Korrektur erinnert.

»Jedenfalls ganz in der Nähe«, fährt die Frau fort, ohne auf den Einwand einzugehen. »Immendorff wollte einfach wieder zum Propagandisten werden. Wie unser Jeff Koons. Rheintöchter! Läuten da irgendwelche Glocken, meine Herren Kollegen? Ich sage noch einmal: Rheintöchter, die deutsche Verführung schlechthin. Unsere Antwort auf die amerikanische Kunstszene.«

Der Kollege aus Frankfurt verschraubt die mitgebrachte Senfdose und verstaut sie in der Tasche seines unauffällig braunen Sakkos.

Alles in allem geht der Prozess im Düsseldorfer Landgericht zugunsten von Immendorff aus. Rechtsgeschichte wird er vermutlich nicht schreiben. Schade ist das nicht.

BRENNENDER DORNBUSCH

Vor dem Düsseldorfer Hauptbahnhof steht, das Gesicht zur Eingangshalle, ein dunkler Bär aus Bronze, der gelassen die Ankommenden mustert. Seit mehr als einem halben Jahrhundert gemahnt das Tier mit dem Namen seiner Gattung und mit seiner individuellen Erscheinung an das Schicksal der vor- und nachmaligen Hauptstadt Berlin. Früher mahnte der Bär mit demselben Ausdruck an einer anderen Stelle der rheinischen Metropole, aber zwingende verkehrspolitische Maßnahmen und eine kommerzielle Herabstufung der früheren geographischen Lage bewegen die Lokalpolitiker, der Plastik einen neuen Ort zuzuweisen, dem das Prädikat »publikumswirksam« nachdrücklicher gebührt. Berlin hat nach 1989 und erst recht nach 1991 an Bedeutung gewonnen.

So kommt der Bär in Bahnhofslage. An seinem Gesichtsausdruck ändert das übrigens nichts.

»Man muss dat Bärschen nur am Ohrläppchen ziehen, dann bringt das Glück für alles mögliche Wünsche«, behauptet die junge Frau in natoolivem Parka und mit silbernen Sternen besetzten Strumpfhosen, die neben dem Tier auf einem umgehängten Tablett schwarzwei-ße Buttons feilhält. Ihre Stimme ist bereits ein wenig heiser. »Tut auch dein Vergessen vergolden«, sagt sie so rätselhaft wie vertraulich, als ein Tourist zögert, den geforderten Betrag aus der Geldbörse zu ziehen.

An diesem späten Nachmittag, die Nacht ist bereit he-reinzubrechen, die Luft gesättigt vom anregenden Bra-tenfett der Reibekuchen, richtet sich der Blick des Bä-ren auf den ehemaligen Bundeskanzler Schröder, der mit dem Zug aus Berlin gekommen ist, um jenes Por-trät zu begutachten, das künftig im Kanzleramt sei-nen Platz in der Geschichte festhalten soll.
Dem Bären ist diese Rolle übrigens vertraut. Er ist schließlich ein Veteran der symbolischen Erinnerun-gen.
Einer aus der Schar in des Kanzlers Begleitung, ein Re-porter aus der Hauptstadt, die Wolken hängen jetzt schon tief, seine Brillengläser sind leicht beschlagen, erblickt die Statue und ruft: »Mensch, da steht ja im-merhin schon einmal einer dieser Affen von Immen-dorff! Nee, Kommando zurück! Kein Affe. Aber irgend-woher kenne ich das Teil. Kenne ich doch aus Berlin. Irgend so 'ne Auszeichnung, Quatsch, genau, der Bär

für die Filme von der Berlinale. Ulkig! Lauter Kunst, wohin man hier tritt. Vermutlich sogar derselbe Künstler. Hat so 'nen Hauch von Unsterblichkeit.«

Der Reporter stürmt zu dem jungen Mädchen mit den Sternen auf der Strumpfhose, kauft ihr ein Dutzend Ansteckknöpfe mit dem Konterfei des Bären ab und verteilt sie an die kleine Gruppe. So gelangt der Bär als Knopf wenig später in das Atelier an der Stephanienstraße.

»Berlin war mir immer schon ein Hochamt wert«, sagt Immendorff nach einem kurzen Blick auf den Knopf aus Blech.

Der Künstler hat erst im Herbst zuvor den *amtlichen* Auftrag erhalten, für das Bundeskanzleramt ein Porträt des Nachfolgers von Helmut Kohl zu malen. Schröder hat den von ihm hochgeschätzten Künstler persönlich ausgesucht. Der Kanzler schätzt naturgemäß auch andere zeitgenössische Künstler, was wiederum nicht alle zeitgenössischen Künstler schätzen. In diesem Marktsegment bestimmt der Nachfrager über die Anbieter. Von diesen fühlen sich viele berufen, nur einer wird auserwählt. Entsprechend heftig soll es stets beim Geraufe im Hintergrund zugehen.

Gemeinhin bewegt sich der betraute Künstler bei der Vorstellung seines Werks zum Sitz der Regierung. Das ist im Fall des schwer erkrankten Jörg Immendorff nicht möglich, also reist Schröder nach Düsseldorf. Wenn Kaiser Karl V. sich vor Tizian niederknien konnte, um einen Pinsel aufzuheben, der dem Maler aus der Hand geglitten war, kann ein früherer Kanzler auch die Fahrt mit der Deutschen Bahn auf sich nehmen. Zudem liegt Schröder nach dem Regierungswechsel die Aura von Ateliers mittlerweile wohl mehr als das Ambiente jenes halbrunden Ganges, in dem die Porträts seiner Vorgänger hängen. Und das Atelier von Jörg Immendorff hat er noch nie betreten.

Die Gepflogenheit, das offizielle Porträt erst *nach* der Amtszeit eines Regierungschefs anfertigen zu lassen, hängt mit der Symbolkraft von Abbildungen und mit der deutschen Geschichte vor 1945 zusammen. Das griechische Wort für Porträt lautet *eikon*, und als Ikone wollte kein Kanzler an die Stelle jenes Mannes treten, dessen Konterfei schon während seiner Herrschaft nicht nur in deutschen Amtsstuben allgegenwärtig war.

So wäre auch die Entscheidung für einen Pluralismus der künstlerischen Stile eine hochwillkommene Neuerung, bewegte sich das Niveau der ästhetischen Urteile unserer Regierenden auf dem Pegelstand ihres politischen Durchsetzungsvermögens. Das kann, das muss aber nicht immer der Fall sein. Adenauer hatte seine Schwierigkeiten mit Kokoschka, Willy Brandt war nicht glücklich mit Georg Meistermann, Helmut Kohl fand zwar die schöne Metapher, zwischen ihm und seinem Porträtisten Albrecht Gehse »stimme die Chemie«, doch hinter nicht allzu hoch vorgehaltener Hand ist zu erfahren, dass diesem Altkanzler eine Spur weniger Expressivität bei der Darstellung von Antlitz und Körper besser koneniert hätte. Die Maler Franz Lenbach oder Franz Xaver Winterhalter wären in jedem Fall für Kohl wohl die gefälligeren Kandidaten gewesen.

Von einem rundum glücklichen Zusammentreffen gab es bislang nur zwischen Helmut Schmidt und dem Leipziger Bernhard Heisig zu erzählen. Den Auftrag der historischen Würdigung einem berühmten Maler aus der DDR zu übertragen – vier Jahre vor der Wende – offenbart Schmidts taktische Raffinesse: Die Kommission an den Ostdeutschen lenkt den Blick auf die Gemeinsamkeit des kulturellen Erbes beider deutschen Staaten. Heisig ist damals einundsechzig, ein sehr kreativer, vor allem aber auch ein verbrieft akademischer Maler. Die Innovation würde sich folglich in einem Rahmen bewegen, den man getrost als kalkulierbares Risiko einschätzen konnte. Auch der sozialdemokratische Stammwähler dürfte bei aller Genialität der Vorlage seinen Ehrenvorsitzenden verlässlich wiedererkennen.

Jetzt also Schröder und Immendorff. Persönlich kennengelernt haben die beiden einander bei einem Staatsbesuch in Georgien, bei dem Immendorff mit von der Partie war. Neben gewichtigen Vertretern des deutschen Bruttosozialprodukts lud der Kanzler auf seinen Reisen stets gerne auch Künstler zu seiner Begleitung ein. Das Protokoll nennt sie in wundersamer Doppelbedeutung »Sondergast Kultur«, was im internen Sprachgebrauch zu dem Kürzel SogaKu zusammenschrumpft.

»Tiflis«, sagt Immendorff jetzt und blickt zur Decke seines Ateliers, »März 2000. Schon damals haben wir das Porträt verabredet. Für mich ist das lange her.«

»Wenn's nach mir gegangen wäre, hätte das Bild auch noch später entstehen können, viel später sogar«, sagt Schröder, der kurz an den Ausgang der letzten Wahl denkt.

Immendorff verharrt, eingepackt in einen dick wattierten Anorak, in seinem Rollstuhl. Schröder hat ihm ein kleines Geschenk für Tochter Ida überreicht, einen Spielzeugaffen, dessen Schwanz bald das Porträt des Bären schmückt. Im Halbkreis um den Künstler sitzen ein paar Freunde, der Vertreter einer Boulevardzeitung macht sich Notizen, eine Kollegin inspiziert noch unfertige Leinwände und ruft: »Ich fühle mich wie im brennenden Dornbusch.« Etwas später kommt auch Oda Jaune dazu, Immendorffs Frau, deren lebendiges Wesen und deren Hose von einer frischen Auseinandersetzung mit Leinwand und Farbe zeugen. Weil ein Ereignis erst wirklich wird, wenn es mit der Kamera festgehalten ist, macht sich ein Fotograf an die Arbeit. Vielleicht wäre jetzt die Gelegenheit, über Kunst zu reden, etwa über die Beziehung zwischen Porträtisten und Porträtiertem, doch dazu ist Immendorff sichtlich nicht aufgelegt. Eine heiter-nervöse Spannung erfüllt das Atelier, eine Stimmung wie kurz vor der weihnachtlichen Bescherung oder einer entscheidenden Anprobe beim Schneider.

Schließlich formiert sich ein kleiner Zug mit Schröder, naturgemäß, an der Spitze; die Gruppe schreitet wie eine Prozession zur Stirnwand des Saales, vorbei an aufgeschlagenen Kunstbüchern, Staffeleien und Skulpturen, biegt dann nach links, zum Hochaltar.

»Das ist ja ein Ding«, sagt Schröder und tritt vier Schritte näher.

Das ungerahmte Porträt steht auf einer Staffelei und leuchtet dem Betrachter in Gold, Rot und Blau entgegen wie eine unfromme, eine freche Ikone.

Das Porträt misst 130 mal 100 Zentimeter, fügt sich somit wenigstens vom Maßstab her in die Gesellschaft der anderen Bilder der Galerie. Formal führt es die letzten Arbeiten von Immendorff weiter, der, seitdem er den Pinsel nicht mehr selber führt, Gemälde komponiert, die Motive aus seinem eigenen Schaffen mit Zitaten aus diskreten Kapiteln der europäischen Kunstgeschichte verweben. Ein Meister bedankt sich bei anderen Meistern, bei Dürer, bei Hogarth, bei Baldung Grien, Zunftgenossen, vor denen er sich nicht versteckt, die er vielmehr zu einem Gespräch, zu einem Austausch einlädt. Die Bilder gewinnen dadurch eine berührende Zeitlosigkeit, führen eine mal gelassene, mal zugespitzte Zwiesprache, halten ein Kolleg unter Geistern ab, die stets das Große wollen und erfreulicherweise meist auch das Große schaffen.

Auf Immendorffs Porträt leuchtet der Kopf des Kanzlers in Gold als klassischer Kupferstich, Schröder, untadelig in der Aufmachung, die Augen aufmerksam dem Betrachter entgegengerichtet, den Schlips genauso makellos gebunden wie jetzt, da der Porträtierte seinem Ebenbild gegenübertritt. Das Bild könnte eine Banknote schmücken, eine hohe Banknote, ausgegeben von einem sehr, sehr verlässlichen Kreditinstitut.

»Stark«, sagt Schröder.

Zu beiden Seiten des goldenen Kopfes hat Immendorff in geheimnisvollem Rot seine Affen auftreten lassen. Man darf bei den Figuren getrost auch an Teufel denken, doch gemeint sind die Künstler, die Maleraffen, die virtuosen Gaukler und Imitatoren der Wirklichkeit und der Kunst. Dieses Motiv des Affen, der sich stets in das Geschehen einmischt, es durch Verzerrung auf den eigentlichen Begriff bringt, der den Pinsel hält wie der Teufel seinen Spieß, ist eine der verlässlichsten Konstanten im Werk von Immendorff, fast ein Prägestempel.

»Brennender Dornbusch«, wiederholt die Reporterin. Schröders Kopf und die ihn flankierenden Affen überwölbt ein hellblauer Himmel, Giotto könnte ihn gemalt haben, ein schimmerndes Firmament, das winzige schwarze Zitate aus der Kunstgeschichte wie Runen durchbrechen.

Schwarz ist auch die in der Leibesmitte auseinandergebrochene Figur am unteren rechten Bildrand, hier hat sich der Künstler mitleidlos selbst verewigt. Wer sich ein wenig mit den Bildern Immendorffs auskennt, entdeckt den Verweis auf jene Arbeit mit dem Titel *Malerhand*, die ein paar Jahre zuvor entstanden ist und in der ein dunkles Gewicht an seinem Unterarm erstmals vom Einbruch der fatalen Nervenlähmung kündet.

Auch der Bundesadler, der dunkelrot und ein wenig zusammengeschmolzen den linken unteren Bildrand ziert, spielt auf frühere Werke an: Immendorff hat sich der nationalen Symbole stets mit besonderem Nachdruck angenommen, so recht entspannt darf sich kein deutsches Hoheitszeichen auf seiner Leinwand fühlen.

»Allerdings kein Bär hier«, sagt Immendorff, der feierliche Momente gern kurz vor ihrem Erschlaffen beendet.

Von Alexander dem Großen, dem Ahnherrn verherrlichter Politiker, wird berichtet, dass er seinen Lieblingsmaler Apelles nach jeder Präsentation eines Porträts in ein ausführliches kunstphilosophisches Gespräch zu verwickeln suchte. Gerhard Schröder bleibt bei seiner Linie und verhält sich zurückhaltend und niedersächsisch karg. Er hat spontan seine Begeisterung ausgedrückt, doch den Großteil seiner Empfindungen trägt er wohl nach innen. Bewunderung und Lob treten aus seinem Mund weiter als emphatische Einsilber auf.

»Echt toll«, sagt der frühere Kanzler.

Immendorff hat sich unterdessen näher zur Gruppe der Betrachter vor dem Bild rollen lassen. Es ist ihm anzusehen, dass ihn die Zustimmung, die seine und die Arbeit seiner Assistenten gefunden hat, bewegt. Er erläutert in den ihm eigenen, militärisch raspelnden Ausdrücken, wie für ihn die einzelnen Komponenten des Werkes zusammenhängen, warum er gerade auf den Aspekt der Nähe eines deutschen Regierungschefs zu den Künstlern des Landes und den wilden roten Tieren so großes Gewicht gelegt habe, schließlich sei Schröder der erste Kanzler gewesen, der die zeitgenössische Kunst als wesentlichen Teil des deutschen Selbstverständnisses erkannt und gefördert habe.

»Dieses Bild ist mein ganz privates Geschenk an dich«, schließt er seine kurze Ansprache.

»Ich werde es an das Kanzleramt weiterschenken«, antwortet Schröder. »Die werden überrascht sein über ihren Neuzugang, darauf kann man sich heute schon freuen.«

Man kann nur vermuten, dass Schröder hier auch an die zuständige Finanzabteilung denkt, die gerade über den Marktwert berühmter Künstler und dessen Deckung im Haushaltsplan grübelt.

Immendorff hat durch sein Geschenk diesen Abläufen und ihren Urhebern souverän eine lange Nase gezeigt – gleichsam die Nase aus der Geschichte des von ihm so verehrten Nikolai Gogol. Ein Organ, das in Hauptstädten bisweilen verloren geht. Es geht bei dem Geschenk eben um einen Freundschaftsdienst, und es stimmt den Künstler traurig, dass das Porträt künftig in ziemlich gemischter Gesellschaft hängen muss. Noch trauriger stimmt ihn, dass es so wenigen Betrachtern umstandslos zugängig sein wird. Besucher des Kanzleramts sind notorisch geschäftig, starren mit engen Blicken vor sich hin und haben meist andere Anliegen, als sich ein Werk anzusehen, das auf eine so spielerisch überlegene Weise mit der Gattung Porträtmalerei umgeht.

»Da in Berlin schleichen um mein Bild doch nur die Anführer des Bruttosozialprodukts herum, Schlipsträger oder Scheichs und andere Jecken. Da geht man doch verloren wie ein Clown im Karneval«, sagt Immendorff, »damit muss ich jetzt leben. Aber diese Gesellschaft von Spießern ernährt mich schließlich.«

Er klingt, für seine Verhältnisse, nicht völlig unzufrieden. Denn recht besehen, hat sich Immendorff mit dieser Zueignung das größte Geschenk selber gemacht. Wenn jetzt im Kanzleramt nachts die Lichter einmal kurz verlöschen und die Porträts früherer Staatslenker Zeit haben, darüber nachzudenken, in welcher unmittelbaren Nachbarschaft sie hier ihre Zeit verbringen müssen, Tag um Tag und Nacht für Nacht, Personen wiedergebend, die sie vielleicht mochten, von denen sie aber vielleicht nicht wiedergeliebt wurden, gibt es Randale. Vielleicht auch Pogo wie damals im Ratinger Hof. Bilder, das weiß man, sind mindestens so sensibel und angriffslustig wie die Motive, die sie darstellen. Man darf getrost voraussagen, dass es ziemlich laut zugeht, nachts, in dieser kleinen Galerie. Das Wort Hängung lässt sich mehrfach deuten.

EVENT

Die Fahrt auf der A44 von Düsseldorf nach Aachen kann nur schwerlich als ein Fest fürs Auge bezeichnet werden. Es sei denn, man erfreut sich als Betreiber von Stromkonzernen an gewaltigen Hochspannungsmasten, als Schürfer nach Braunkohle an endzeitlichen Kratern oder als Vertreiber von Konsumgütern am Anblick ausgedehnter fensterloser Gebäude, in denen wohlfeile Güter auf ihren Weitertransport warten. Zweifelhaft übrigens auch, ob das Abbiegen in den Ausfahrten nach, sagen wir, Grevenbroich, Jülich oder Baesweiler der Sehnsucht nach dem Schönen Linderung verschafft. In dieser Gegend sind Erwerbsfleiß und Kargheit, sind unsere Tugenden ganz eng bei sich und zeigen die bundesdeutsche Wirtschaft von ihrer rohen Seite. Auch Nieselregen und leichter Nebel können das Bild nicht weichzeichnen. Der Verkehrsfunk meldet heute Staus erst ab einer Länge von über zehn Kilometern. Vermutlich redet Immendorff deshalb über Schafe.

Unter den Künstlern seiner Generation ist das Schaf kein Fremdling. Auch Joseph Beuys hat sich mit dem Tier wiederholt beschäftigt, nicht so oft wie mit der Biene, dem Hasen oder dem Elch, doch häufig genug, um dem Schaf einen respektablen Platz in der Kunstgeschichte der Nachkriegszeit zu sichern.

»Dabei hätte der Beuys eine Heidschnucke nicht von einem Fuchsschaf unterscheiden können«, sagt Immendorff mit einer Stimme, die an diesem Morgen sehr heiser klingt. Es ist einer der seltenen Momente, in denen er seinen früheren Lehrer gleichsam Stirn gegen Stirn kritisiert. »Aber bei Beuys, das war ja mehr das tote Schaf, das er gebraucht hat.«

Unser Fahrzeug ist in einen der vorhin angesagten Staus geraten, und der Chauffeur erzählt von seiner ältesten Tochter, die sich unlängst bei einer Produktion der Münchner Kammerspiele immer wieder zwischen einer dicht auf die Bühne gelegten Strecke toter *Hasen*darsteller hindurchtanzen musste.

»Findest du nicht, dass Hasen künstlerisch etwas überstrapaziert werden, so etwa seit Albrecht Dürer?«, habe die Tochter die sehr viel jüngere Regisseurin gefragt.

»Albrecht Dürer, immer sagst du Albrecht Dürer, ich hab das bis hier. Dauernd kommst du mir mit deinen Achtundsechzigern«, hätte darauf die Regisseurin zornig geantwortet. »Hat dabei richtig mit dem Absatz gestampft. Wie Rumpelstilzchen. Hat den Dürer wohl mit dem Beuys verwechselt. Meine Marion hat dann die Klappe gehalten. War wohl auch besser so.«

Er lacht und wendet sich wieder dem Verkehr zu, obwohl das auf nicht absehbare Zeit unnötig ist. Über dem Stau liegt ergebene Stille. Hier wird schon lange nicht mehr gehupt, wenn die Verzweiflung wächst.

»Alles verschwunden«, sagt Immendorff und schnipst eine leere Zigarettenschachtel aus dem Fenster. »Wie die Schafe, die früher überall am Wegrand grasten. Dabei kann man extrem viel von Schafen lernen. Habe ich auch als Kind, damals in der Lüneburger Heide.«

Es ist schwer vorzustellen, dass am Rande dieser Autobahn je irgendeine Art geordneter Tierhaltung stattgefunden hat. Zu schweigen von Tierhaltung mit erzieherischem Wert. Es hat aber auch kein Biograph Immendorffs je auf das Auftauchen pastoraler Motive in der Kindheit des Künstlers hingewiesen. Gewiss, sein Geburtsort Bleckede liegt im niedersächsischen Landkreis Lüneburg, doch schon als kleiner Junge ist er mit seiner Mutter aus dieser Gegend weggezogen. Die Trennung vom strengen, oft Uniform, doch nie einen Schäferstock tragenden Vater, ja, davon haben wir gehört, auch von der einsamen Kindheit im Internat in Bonn.

Jetzt erinnert des Malers Gesichtsausdruck an die Züge des nicht mehr ganz jungen Hermann Löns, der gerade *Dahinten in der Heide* geschrieben hat, allerdings ohne dessen Schnurrbart.

»Ein Schaf hat einen klaren Sinn für Hierarchien, was schon mal sehr wichtig ist, also für Rangordnungen. Erstens. Und was man gemeinhin für Sanftmut hält, zweitens, ist eigentlich nur ein Zeichen für Respekt. Dazu kommt drittens oder vielleicht davon abgeleitet, dass das Schaf weiß, was sein Platz auf der Wiese, also im Raum ist. Das Schaf hat begriffen, wie es sich zu verteilen hat. Schaut euch doch mal so eine Herde an, wie die sich aufstellt, wenn sie grast, das ist keine Petersburger Hängung, das ist eine glasklare Botschaft, die euch das übermittelt, was man alles mit einem Raum anstellen kann.«

Immendorff hat mit den Fingern seiner rechten Hand die Argumente mitgezählt und hält die Hand jetzt hoch vor dem Seitenfenster, als leiste er einen Schwur auf deren Wahrheit.

Der Fahrer des Geländewagens auf der benachbarten Spur versteht die Botschaft falsch und antwortet mit einer obszönen Geste. Zum Glück kommt gerade der Verkehr, wenn auch zaghaft, wieder ins Rollen.

»Ich habe meine Freunde und Vorbilder, wenn ich sie gemalt habe, immer so angeordnet, als wären wir eine Herde«, sagt Immendorff, »wir fahren ja jetzt ins Museum, guckt euch das doch mal an. Und erinnert euch, wie die alle platziert sind, im *Café Deutschland* oder im *Café des Fleurs*: der Max Ernst und der Baselitz und der Beuys und alle anderen auch und ich und der Michael Werner. Es geht um das Gefüge. So wie am Sternenhimmel, so wie ...«

Er bricht ab. Immendorff verliert sich ungern in Bereiche der Sprache, denen man eine Nähe zur Romantik nachsagen könnte.

Das Autoradio meldet eine neue Komplikation für Reisende, die mit dem eigenen Fahrzeug nach Aachen unterwegs sind, und der Fahrer, der bei den letzten Worten von Immendorff nicht mehr zugehört hat, fügt zum Thema Schafe noch hinzu: »So ein guter Widder soll ja am Tag bis zu fünfzig Mal rammeln können.« Dann lacht er mit leichtem Aufstoßen, weil sich das so gehört bei einer Männerrunde.

Aber wer ist, um kurz in dem vorhin verwendeten Bild zu verweilen, der Schäfer dieser Herde?

»Für mich, das ist allen schon lange klar, ist das der Michael, der Michael Werner. Deswegen kommt der ja auch immer bei mir vor«, antwortet Immendorff, der jetzt schon lange nicht mehr im Auto auf der Fernstraße, sondern an einem hellen Morgen im Atelier in seinem Rollstuhl sitzt. »Der Werner ist so ein Stern, der das Licht in sein Zentrum zieht.« Seit jener Fahrt nach Aachen sind drei Jahre vergangen. Diagnose und Prognose der Ärzte von der Berliner Charité haben sich als bestürzend korrekt erwiesen: Jawohl, es handelt sich um einen sehr ernsten Fall von fortschreitender Nervenlähmung, nein, es besteht keine Hoffnung auf Heilung, alle Therapieversuche sind für diesen und ähnlich gelagerte Fälle *infaust*, mithin aussichtslos. Wann genau mit dem Exitus zu rechnen ist, können die behandelnden Ärzte dennoch nicht exakt voraussagen, es fehlt noch die verlässliche Zahl vergleichbarer Fälle.

»Vor dem Tod hab ich keine Angst, nur vor dem Sterben«, sagt Immendorff. »Tapfer geht anders.« Er lässt sich einen Tee im Pappbecher mit Strohhalm bringen. »Der Versuch, Adler zu werden, muss somit vorerst abgebrochen werden.« Schwer zu entscheiden, ob er danach lacht oder hustet. »Mein Rollstuhl ist schon so gebaut, als müsste ich mich damit auf dem Mars bewegen.«

An diesem Abend steht das bevor, was die Gossenpresse gern einen Event nennt. Dem früheren Bundeskanzler Gerhard Schröder wird Immendorff gleichsam offiziell jenes Porträt überreichen lassen, das seinen Platz in der Galerie von dessen Vorgängern als Staatslenker finden soll. Gerhard Schröder kennt das Gemälde bereits und hat passende Worte für die Zeremonie mitgebracht. Das kann man als den Anstand oder als den Kunstverstand eines seines Geschmacks sicheren Politikers einordnen, für Immendorff ist, in der jetzigen Situation, beides gleich wichtig.

»Schade nur, dass der Michael heute Abend nicht dabei sein kann, aber der Werner kommt nie an solchen Abenden, zu meiner Hochzeit ist er auch nicht erschienen.«

»Wenn nun das die Geschichte mit den ausgetauschten Krönchen über den Köpfen war, also mit der Oda, da war ich sehr wohl dabei«, sagt dazu später Immendorffs Galerist. »Ich hab immer nur versucht, den Jörg von diesen Bildzeitungsleuten fernzuhalten, die waren für ihn eine ständige Versuchung.«

Der heutige Abend liegt fest in der Hand der Bildzeitungsleute. Ihr Chefredakteur liest die Willkommensrede sogar eigenhändig vom Blatt. Die geladenen Gäste haben sich ihren Ruhm auf den vielfältigsten Feldern erworben, das reicht vom Fußball über Serien im Fernsehen bis in die Wirtschaft. Goldkettchen verschiedener Stärke glitzern sowohl um Fuß- wie um Handgelenke. Eine sehr verdienstvolle Sammlerin von Immendorff wird ihr Foto und ihren Namen am nächsten Morgen über der Bildunterschrift *Society-Lady* ... wiederfinden. Gerhard Schröder ist durch das Gemälde gleichsam doppelt präsent und versucht, durch ein paar launige

Worte der Inszenierung die grellsten ihrer Fehlfarben zu nehmen. Aber hilft er damit auch seinem Freund Jörg, den gerade sehr sichtbar eine hilflose Rührung überkommt?

»Also Popanz war das jedenfalls nicht«, sagt er zu dem breitschultrigen Mann, der ihn, zahllose Gruppenfotos später, aus dem Atelier schiebt, viel Stimmkraft ist dem Künstler nicht verblieben. »Das könnte nicht mal der Werner behaupten. Heute Abend, das war heute doch eindeutig mehr als Schickimicki. Korrekt?« Sagt er und schließt erschöpft die Augen.

Galeristen verfolgen ihre eigenen Strategien in der Förderung der Maler, die sie vertreten.

Zeitgenössische Kunst ist ein fragiles, ein eher gasförmiges Geschäft, dem Bankwesen darin sehr verwandt. In beiden Branchen geht es schließlich um die kühne Anlage von Risikokapital. Dessen Vertrieb setzt gekonnte Platzierung voraus sowie ein beim vielleicht noch zögernden Kunden vertrauenerweckendes Auftreten der Anbieter. Hinzu gehört naturgemäß neben einem hervorragenden Schneider auch der ausgefallene Wortschatz von Kritikern in den Feuilletons namhafter Tageszeitungen. Besonders denen, die gern wegen ihres Wirtschaftsteils gelesen werden.

Einige dieser Kritiker verfassen schließlich sogar Beiträge für Ausstellungskataloge.

Immendorffs Galerist Michael Werner setzt folgerichtig mit bestem bürgerlichem Geschmack und dem Gespür des abwägenden Kaufmanns auf das Seriöse, wenn er versucht, des Malers öffentlich sichtlicher Sehnsucht nach der Zustimmung von Hamburger oder Berliner Nachrichtenschiebern entgegenzuwirken. Oder den Straßenszenen in den Vierteln von St. Pauli und wer weiß, wo noch überall.

Früher war das anders. Früher, als man noch mit einem gemalten Geschlechtsteil Aufmerksamkeit erregen konnte oder mit wild-harmlosen Aktionen rund um das Bonner Parlament, eine leere Schachtel an den Fuß gebunden. Früher, als das Wort Provokation in seiner rechtsgeschichtlichen Bedeutung aus dem alten Rom als Hinweis auf ein erlittenes Unrecht galt.

Damals wurde die Aufmerksamkeit der Straße gern auch in kleinen Münzen aufgesammelt.

»Wie im Klingelbeutel«, sagt Immendorff und lacht in seine Erinnerung. »Man war als Künstler ja nicht so bedeutend. Und ich hab meine Bilder für den Materialwert verkauft, also für Keilrahmen und Leinwände. Mit dem Malen hatte ich praktisch aufgehört.«

Der Altkanzler ist längst gegangen, doch ein Stockwerk höher, in Immendorffs Atelier, spielt noch Musik, und es werden weitere Flaschen entkorkt.

»Da bekam ich einen Brief von Michael Werner. Der

wollte alles, was im Kohlenkeller der Kunstakademie an Werken von mir gesammelt war, erwerben. Die Geschichte ist ja bekannt. Muss ich ja nicht mehr erzählen. Hol jetzt noch mal lieber den Schröder runter.« Der Pfleger beschließt diesen Teil des Abends.

In der Geschichte, die Immendorff tags zuvor seinem Tonband mitgeteilt hat, tritt ein Kunstprofessor auf, dem er eines seiner fett goldenen Baby-Bilder überließ, der dann das Gemälde aus dem Rahmen nahm und die leere Rückseite mit einem eigenen Werk schmückte. Ein paar Jahre später ...

»... hat er das Bild doch lieber wieder umgedreht und Michael Werner für 50 000 Mark verkauft. So wurde es sozusagen zu einem kinetischen Bild. Ständig in Bewegung.«

Doch nicht durch den erfolgreichen Handel wird der Galerist zur Figur des entscheidenden Großinquisitors.

»Der Werner, ich befand mich da gerade in der künstlerischen Emanzipationsphase von Beuys, der Werner übernahm in Intensität und Präzision der Kritik buchstäblich Schritt für Schritt jene Rolle, die Beuys erst innehatte. Werner schlägt Beuys allein proportional gesehen mit unserer über drei Jahrzehnte währenden Partnerschaft.«

Aber bei Immendorffs Prozess, damals, als es um den Koks und die Damen ging, da hat sich der Partner doch nie gezeigt?

»Ich versuch doch auch nicht, Sonnenstrahlen mit der Hand zu fangen. Sein Geschäft ist die Seriosität.«

Sind die beiden befreundet?

»Sein Freund war ich nie«, sagt Michael Werner, »das hat er aber immer behauptet. Und in den letzten zehn Jahren waren wir nicht mal mehr zu Mittag essen.«

»Umarmt haben wir uns nie, und ich erwarte den Michael nicht auf meiner Trauerfeier. Kann ich verstehen. Weil, das ist überhaupt nicht sein Ding.«

Immendorff behält recht.

STAMMZELLEN

Es gibt in jener Woche nur wenige, nicht immer einfach zu deutende Zeichen, die davon künden, dass in Peking der Beginn des chinesischen Frühjahrs schon eine Woche zurückliegt. Die Blätter der Akazien, die um den Parkplatz vor dem Krankenhaus stehen, zeigen bloß ihre Spitzen und halten sich sonst fest eingerollt. Das Wachpersonal trägt dick wattierte, graue Jacken, doch der Lack der Inschriften auf den beiden Tafeln über dem Eingangsportal hat seinen Glanz noch nicht verloren. *Frühling bringt Lebensenergie*, versprechen die Tafeln. Und dass zahlreiche Elstern ihre Schlafplätze vorzeitig verlassen, danach sofort mit dem Balzen begonnen hätten, vermeldet eine lokale Tageszeitung unter der rotgedruckten Überschrift: *Glücksbringendes Omen!*

Das Krankenhaus liegt auf dem Weg in die Westberge, weit vor den historischen Toren der Stadt. Es ist ein magischer Ort. In der Umgebung wurde vor Jahrhunderten Marmor für die Anlagen im Kaiserpalast gebrochen, neben der Jade einer der wertvollsten und verlässlichsten Steine für den Übergang in die Ewigkeit. Einsiedler, die nach daoistischen oder buddhistischen Anleitungen die Unsterblichkeit suchten, ließen sich hier nieder und meditierten in einer Luft, die sie mal als von »durchsichtiger«, mal als von »kristallener« Reinheit beschrieben. Vom deutungsmächtigen Verhalten der glückbringenden Elstern war bereits die Rede. Kein Wunder, dass sich hierhin begibt, wer Mangel hat und über die Mittel verfügt, den allzeit drohenden Ruß- und schwefelsauren Nebelwolken der Hauptstadt entfliehen zu können.

Früher soll dieses Krankenhaus ein Sanatorium für an den Lungen erkrankte Arbeiter gewesen sein, die streng rechtwinklige Architektur trägt deutliche Züge aus den kargen fünfziger Jahren. Später aber wurden dem Bau tiefblaue Glasziegel, geschweifte Dächer und drachenförmige Wasserspeier hinzugefügt. Sie bereicherten den streng zweckgerichteten Sowjetstil um verbürgte Merkzeichen der chinesischen Tradition aus der Baukunst der letzten kaiserlichen Dynastie. Die Einheimischen nannten das Verfahren übrigens »die Beglückung mit der lange vermissten, passenden Mütze«.

Das Erdgeschoss wird heute für eine Tagesklinik benutzt, die sich großen Zuspruchs erfreut. Der Gang, über den der Besucher zunächst läuft, um in das Zimmer von Immendorff zu gelangen, wird vielleicht eher nachlässig gereinigt und desinfiziert, vielleicht auch zu heftig, jedenfalls bleiben die Schuhsohlen für einen Moment kurz haften, bevor der Boden sie wieder mit einem leicht quietschenden Ton freigibt. Die Nase des Besuchers empfängt Signale, die weder mit »kristallklar« noch mit »durchsichtig« angemessen beschrieben sind.

Aber lang ist dieser Weg zum Patienten nicht, Immendorff ist in einem anderen Trakt des Hauses untergebracht, zu dem ein unstetig scheppernder Lift in ein höheres Geschoss führt. Dort liegen die Behandlungsräume eines Arztes, der eine Privatklinik betreibt, um Patienten zu behandeln, die wie Immendorff an der Immunschwäche ALS erkrankt sind.

Wenn sich die Aufzugtüren öffnen, bietet sich dem überraschten Besucher der Blick auf eine Station, die er nur aus amerikanischen Fernsehserien kennt. Die beherrschenden Farben sind Weiß und Gold. Hinter einem halbrunden Empfangstisch sitzen in formprägend gestärkter Schwesterntracht vier oder fünf anmutige junge Damen, deren Gesichter sich beim Eintreten des

Neuankömmlings fast im Gleichtakt erhellen, bevor ihr Mienenspiel zum Ausdruck freundlich besorgter Aufmerksamkeit wechselt.

»Für China sind das immerhin ganz schön beeindruckende Oberweiten«, sagt Immendorff später.

Nicht in das Bild einer amerikanischen Fernsehserie über Schicksale in der Gesundheitsversorgung passen die kräftigen, kahlgeschorenen Kerle, die auf einer langen Bank in der hinteren Ecke des Empfangssaals hocken, rhythmisch oder asynkop Kaugummi zwischen ihren Zähnen bewegen und von Zeit zu Zeit leise in ihr Handgelenk reden oder den Kopf zur Seite legen, sobald sie aus dem fleischfarbenen Knopf in ihrer Ohrmuschel ein Signal empfangen, das nach außen nur als stechendes Knarzgeräusch dringt.

»Leibwächter«, sagt Immendorff, »hier sind Araber und Ölheinis aus Amerika mit ihren fetten Kindern und andere Multis. Die Behandlung kostet eine schöne Stange in bar. Schon um auf die Liste zu kommen, musst du gewaltig abdrücken.«

Er hat vor einer Woche ein Zimmer im Westflügel bezogen, aus dessen Fenster er zu zwei Akazien blicken kann, auf deren oberen Zweigen sich jetzt tatsächlich mehrere laut schackernde Elstern ins wippende Flügelspiel des Balzens verloren haben. Auf eine Krücke gestützt verfolgt Immendorff stumm den Tanz der

Vögel und zuckt dabei mit den Schultern, als wolle er deren Takt aufnehmen.

»Was ich vorher nie gewusst habe«, ruft er plötzlich, »jedes Krankheitsbild ist anders. Darauf muss man setzen. Wenn man es richtig begreift, sind Krankheitsbilder genauso Bilder wie alle anderen auch. Sie zeigen die Person, die das ganz individuell gestaltet hat. Wie Kunst.«

Wer hat ihn auf diesen Gedanken gebracht?

»Ich habe mit dem Arzt hier gesprochen, und der hat mir gesagt, er selber wisse auch nicht, warum seine Therapie beim einen Patienten funktioniere und beim anderen nicht. Er hat auch gesagt, die Wirkung sei ihm ein Rätsel, deshalb könne er auch nichts versprechen. Das ist ja, das drängt sich auf, das ist, wie wenn du in der Kunst einen Nerv triffst.«

Man muss hier anfügen, dass die Therapie des Arztes darin besteht, die Schädeldecke seiner Patienten aufzubohren und durch die so entstandene Öffnung eine Flüssigkeit ins Gehirn zu spritzen, deren Substanz vornehmlich aus den Schleimhautzellen der Nasen frischer Föten gewonnen wird. In einem Prospekt ist von »polyvalenten Stammzellen« die Rede. Das Material, wenn man diese Zellen so bezeichnen darf, stammt aus Abtreibungskliniken. Um das Frühlingsfest, auch das ist ein Zeichen für den Anbruch der neuen Jahreszeit, werden im Land signifikant weniger Abtreibungen vorgenommen als im Jahresdurchschnitt.

»Deswegen bin ich ja hier schon seit einer Woche und warte auf den nächsten Schuss.« Immendorff reibt sich über den kahlgeschorenen Schädel, ein dunkelroter Punkt auf der Stirn markiert die Stelle, an die der Bohrer gesetzt wurde.

Hat er Schmerzen?

»Wehgetan hat mir nur das Geräusch. Wenn dein Schädel angesägt wird, klingt das nach Schreiner. Oder nach Zimmermann. Ich habe an Josef gedacht und den kleinen Jesus in seiner Werkstatt in Nazareth.«

Übrigens hat auch der Besucher heute an Jesus gedacht – am späten Vormittag vor einem engen Hauseingang in der Vorstadt, der zwischen einem Schnellrestaurant für Nudelgerichte und einem Laden für Hochzeitsgewänder liegt.

Vor den Stufen sitzt dort auf einem kleinen Schemel ein Bettelmusikant, der zum Spiel auf der zweisaitigen Kniegeige einen schlichten Choral singt. Der Mann ist klapperdürr, sein Alter schwer zu schätzen, doch die entscheidenden Wendungen der jüngeren Geschichte des Landes wird er in der einen oder anderen Form miterlebt haben. Er trägt Badesandalen mit grellgrünen Zehenriemen, die Hose eines einfachen Soldaten der Volksbefreiungsarmee, darüber ein verspecktes Sakko, das vielleicht einmal braun, vielleicht aber auch dunkelrot gefärbt war.

Wenn er den Mund weit öffnet, glänzen dem Betrachter drei schwarze Löcher und sieben Schneidezähne entgegen, die aus reinem Gold gefertigt sein müssen.

Darauf ist der Betrachter so wenig vorbereitet wie auf die Musik des Bettelmusikanten. Aus dem Restaurant für schnelle Nudelgerichte dröhnt eine einheimische Rockband, die in Hongkong den Sprung zum Kassenschlager geschafft hat. Für den Laden, der Hochzeitsgewänder vertreibt, wirbt die Stimme einer volkstümlichen Sängerin der Armee, deren Gatte später einmal Staatspräsident der Volksrepublik werden wird.

Der Bettelsänger mit den schwarzen Löchern und den goldenen Zähnen setzt dagegen seine Kniegeige auf die verschlissene grüne Uniformhose, führt den Bogen an die zwei Saiten und singt:

»Jesu meine Freude,

meines Herzens Weide,

Jesu meine Zier,

Ach wie lange

Ist dem Herzen bange.«

Natürlich singt er diese Worte nicht auf Deutsch, nicht in der Sprache von Johann Sebastian Bach, nicht nach den strikten Vorgaben des Opus 227 der verzeichneten Bach-Werke. Wir bewegen uns zwar an einem angeblich magischen Ort, nahe dem Zauber der Westberge, administrativ aber immer noch in der Zuständigkeit der chinesischen Hauptstadt. Dort trägt man nicht einfach vor, was das Herz befiehlt, dort wählt der Künstler mit Mut und List.

»Was hat denn der Typ mit dieser komischen Geige nun wirklich gesungen?«, fragt Immendorff, nachdem er sich zuvor zweimal nach dem Gold im Mund des Sängers erkundigt hat. Die Farbe Gold spielt im Werk des Künstlers eine große Rolle, vielleicht entsteht in seiner Phantasie gerade ein Werk, in dem Bienen durch geöffnete Lippen fliegen und dabei Blütenspuren hinterlassen.

»Wenn ich es recht verstanden habe, ging es in seinem Text um die Macht der Liebe, und irgendeinen Bezug zum Honigmond fand er auch, er hockte ja vor einem Laden für Hochzeitsgewänder. Das Wort *honeymoon* gibt es genauso auch im Chinesischen. Aber wer die Melodie kennt, der weiß, wer wirklich gemeint war.«

»Hab ich mir auch so gedacht«, sagt Immendorff. Er steht wieder vor dem Fenster und verfolgt den Tanz der Elstern auf den jetzt verschatteten Bäumen im Park.

»Botschaften müssen immer gleichzeitig klar und verschlüsselt sein. Das ist korrekt so. Alles exakt wie immer und überall auf der Welt, alles wie an der Front.«

Es klopft kurz an der Tür, der Arzt und eine Dolmetscherin treten ein, bevor sie ein Zeichen der Zustimmung erhalten haben.

»Ich habe eine gute Nachricht für Sie«, übersetzt die Dolmetscherin, »wir haben soeben neue Energiestoffe für Sie erhalten und können den Prozess der Operation morgen früh fortsetzen. Sie sollten jetzt ausruhen und frühzeitig Abschied nehmen.« Die beiden verneigen sich kurz und verschwinden so schnell, wie sie eingetreten sind.

»Ich sehe übrigens keine Bilder mehr in Gold«, sagt Immendorff, nachdem der Besucher ein Glas Wasser aus dem Badezimmer geholt, den kleinen Kasten mit Aquarellfarben auf dem Nachttisch geöffnet und den Maler umarmt hat. »Ich arbeite nur noch mit Rot und Grau.«

DIE TAUFE

Vielleicht weil er sich seinen Taufspruch nicht selber aussuchen durfte, plärrt Immendorff während der Zeremonie in der Kirche St. Jacobi von Bleckede, als würde ihm ein Unheil angetan. Natürlich ist das nur eine Vermutung. Er ist jetzt seit fast dreizehn Monaten auf der Welt, ständig hungrig und ganz besonders missmutig, wenn ihm Windeln angelegt werden. Windeln sind übrigens zurzeit, wir schreiben den 11. Juli 1946, ein Luxus. Man findet Restbestände aus dem Verbandsmaterial der Wehrmacht auf dem Schwarzmarkt in Lüneburg, doch ihr Preis ist hoch.

An diesem Morgen ist Jörg zunächst sehr ruhig, »gefährlich ruhig«, wie der Vater später erzählt, der sich als ehemaliger Offizier mit Bedrohungen auskennt, die von ungewohnter Stille ausgehen. Am Abend zuvor vergällt ihm der Sohn mit seinem Plärren derart den Schlaf, dass er ihn versohlt, bis die Mutter eingreift.

Weil du so wert bist vor meinen Augen, wirst du auch herrlich sein, und ich habe dich lieb lautet der Taufspruch.

Er stammt aus den Schriften des Propheten Jesaja (43, 4) und wird nur selten in voller Länge zitiert. Immendorffs Vater gefällt aber auch der letzte Teil der Verheißung, in der von Ländern und Völkern die Rede ist, welche für ein bestimmtes Ziel geopfert werden müssen. Er hat darüber mit dem Superintendenten gesprochen, der zufällig denselben Namen trägt wie die Kirche, in welcher der Kirchenmann tags darauf die Taufe von Jörg vollziehen wird. Beide Herren tragen dunkelgraue Anzüge, deren Stoff erkennbar abgetragen ist und die sowohl in den Schulter- wie in den Hüftpartien nur unzulänglich ausgefüllt werden. Die schwarzen Schnürschuhe glänzen dagegen in makelloser Politur.

Im gerade zusammengebrochenen Reich Hitlers war Jacobi übrigens ein mutiger Widerstandskämpfer, treibende Kraft der Bekennenden Kirche. Zehn Jahre später wird der Seelsorger sogar für das Amt des Bundespräsidenten vorgeschlagen; er soll Nachfolger von Theodor Heuss werden, lehnt jedoch ab, weil er theologisches und politisches Wirken für nicht miteinander vereinbar hält. Das war einmal ein Geist der Zeit, wenn auch kein Geist der großen Scharen. Der Täufling wartet bis zum Tod des Pfarrers, der ihn heute segnet, bevor er 1978 aus der Kirche austritt. So sind die Daten seither im Kirchenregister von Bleckede vermerkt.

»Alles hat seine Zeit«, sagt Immendorff, »man muss ja keine unnötigen Wunden zufügen.«

Getauft wird Immendorff nach gutem Soldatenbrauch auf eine verkürzte Form des Namens seines Vaters. Dem haben die Eltern immerhin Dietrich Ernst Otto Albrecht Jürgen auf den Lebensweg mitgegeben. Als »Marscherleichterung« findet 1946 eine Verkürzung des Stammhalters der Immendorffs auf Jörg Dietrich statt. Denn auch die Verknappung sichert Nachleben, sollten wieder Länder und Völker geopfert werden müssen. Alte Namen stehen für neue Namen, der Kampf wird irgendwann einmal weitergehen, das hat Tradition.

Der Täufling weiß nichts davon, er plärrt.

Jörgs Mutter bewegen in diesem Moment allerdings noch ganz andere Sorgen. Ihre beste Freundin Erika, die von ihr erbetene Spielerin des Akkordeons – früher hat sie für die Gemeinde die Orgel bedient –, erleidet wegen dauerhaft mangelhafter Ernährung und akut ungewöhnlicher Hitze einen Schwächeanfall und muss von zwei Friedhofswärtern vor ihrem Auftritt in einen Schattenbereich getragen werden. Damit nicht genug: Im Gebälk des erst ganz kurz vor Kriegsende zerschossenen Turms der Kirche St. Jacobi nistet ein Schwarm von Tauben, deren Kot mal direkt auf dem Altar, mal dicht neben dem historischen, aus dem späten Mittelalter stammenden Taufbecken aufschlägt. Man kann das ignorieren, was Magdalene Dorothe Immendorff, geborene Mewes, unter den Geboten der Feierlichkeit auch gern getan hätte, doch ihr Mann sagt jetzt: »Ist ja polnische Wirtschaft hier, ganz und gar unerträglich.«

Der Stammbaum der Familie Mewes reicht bis zur Weichsel und noch tiefer in den Osten. Begriffe wie »polnische Wirtschaft« belasten schon vor den Polenfeldzügen die Beziehung zwischen Jörgs Eltern, das Ende des Krieges hat diese Spannung nicht wirklich aufgehoben. Magdalene Dorothe Immendorff hat im Familienstammbuch als ihren Beruf *Sekretärin* eintragen lassen, was durchaus den Tatsachen entspricht. Doch die polnische Linie ihrer Familie führt auch den einen oder anderen entfernten Onkel, der in den niedrigen Adelsstand erhoben wurde. Das ist an Stand mehr, als die Familie zu bieten hat, in die sie vor einigen Jahren einheiratete. Ihr Gatte bemüht sich seither redlich, mit dem häufig wiederholten Verweis auf »polnische Wirtschaft« den möglichen gesellschaftlichen »Blutsvorteil« seiner Gemahlin aus der Welt zu schaffen.

Der kleine Jörg plärrt noch immer. »Nicht einfach nur geheult, knallhart laut geplärrt«, sagt er viele Jahre später. »Ein ganz hoher, böser Ton. Wie so eine Ratsche aus Holz.«

Naturgemäß ist das eine nicht von ihm, sondern von anderen beförderte und abgesicherte Erinnerung, doch Jörg kann virtuos mit ihr umgehen, wenn er später erklärt, warum er »schon immer« einen Abscheu, eine Angst, einen Heidenrespekt vor Zeremonien hatte.

Er wird dann allerdings das Wort Terror bevorzugen.

»Schau dir das an«, wispert der Gatte von Magdalene Dorothe und zeigt hoch zum Gebälk des Turms. Dort zerlegt gerade ein Sperber, dessen Rumpf in einem blass-versöhnlichen Orange schimmert, eine junge Taube. Der Sperber erledigt diese Arbeit mit der gefühlsfreien Routine aller Greifvögel. Er versenkt den scharfen Schnabel mit einem zustimmenden Nicken im Bauch seines Opfers, das er unter der linken Kralle hält und mit dem Flügel schützt, als wäre es die eigene Brut.

»Ist das etwa ein Habicht?«, fragt Frau Immendorff, das Gespräch von »polnischer Wirtschaft« ablenkend.

»Ein Spinz«, antwortet ihr Mann, der die Jägersprache gelernt hat und den korrekten Namen für einen männlichen Sperber kennt. »Er holt sich gerade den Aufbruch«, fügt er nicht ohne Stolz hinzu, denn er kennt selbstverständlich auch den einschlägigen Ausdruck für Innereien.

Frau Immendorff schüttelt sich, die Erregung erfasst ihr Kind, das, zuvor überraschend still, zunächst ein leises, dann wieder stärker anschwellendes Plärren anstimmt. Sie setzt Jörg auf den Boden, sofort verstummt er und krabbelt in Richtung Taufbecken, bis sein Vater ihn mit einem unwirschen Griff hochhebt und zurück in die Arme der Mutter befördert. Dort beginnt das Spiel zwischen Mutter und Sohn erneut. Jörg ist, wie es Erzieher damals formulieren, ein willensstarkes Kind.

Superintendent Jacobi hat jetzt mit einem schnellen Blick ins Gebälk die Ursache für die Unruhe unter seinen Zuhörern bemerkt. Seine Gedanken und Worte kreisen noch immer um den Taufspruch des Propheten Jesaja, in dem es um Augen und Liebe geht. Rasch ruft er den biblischen Text in seine Erinnerung, er sucht eine passende Stelle für den ungewöhnlichen Vorfall, einen Strohhalm, einen Fingerzeig, einen Steigbügel für die Deutung. Das Wort Taube liegt natürlich nahe, glücklich greift der Prediger danach, begreift aber erst, als er das Formulieren schon begonnen hat, dass die ihm bestens bekannte Stelle: *Hört ihr Tauben* im 18. Vers des 29. Kapitels des Jesaja, sich nicht auf einen Vogel bezieht, der gerade das Opfer eines anderen Vogels geworden ist – und jetzt, da sein Aufbruch ausgeweidet wird, ganz gewiss nichts mehr hören kann.

So verwirrt ist der Superintendent, dass er mit dem Ellenbogen gegen den vergoldeten Kelch stößt, der daraufhin mit lautem Scheppern vom Altar auf den Steinfußboden schlägt und dort ein paar enge, ziellose Kreise dreht. Das heftige Geräusch erschreckt nicht nur die Besucher des Gottesdienstes: Der Sperber im Dachgebälk flattert wild auf und lässt dabei die Reste der Taube aus seinen Krallen gleiten. Kleine blutige Teile schlagen neben dem Täufling ein, der erneut in Richtung Pfarrer gekrabbelt ist, und noch bevor die entsetzte Mutter ihren Sohn wieder in den Arm nehmen kann, landen wie ein versöhnlicher Gruß ein paar Flaumfedern auf dem Nacken des Kindes.

»Das weckte vielleicht meine Neugier auf Selbstinszenierung«, sagt Jörg später, »angeblich hat mich der Kadaver oder was davon übrig blieb fast erschlagen. Auch so wird man zum Wunderkind.«

In der Jacobikirche von Bleckede setzt jetzt das Akkordeon der wieder zu Kräften gekommenen Erika ein und stimmt den Choral *Nun danket alle Gott* in der Fassung von Johann Pachelbel an. Die Notenschrift von Pachelbel gleitet weitaus leichter durch die schwarzen Knöpfe in den Basspartien des Instruments als die Vorgaben von Johann Sebastian Bach.

»Der uns von Mutterleib

und Kindesbeinen an

unzählig viel zu gut

bis hierher hat getan ...«,

singen erleichtert die Taufgäste, die das Evangelische Gesangbuch unter der Nummer 321 aufgeschlagen haben, dort, wo der Text in einer gängigen Neuschöpfung des lutherischen Originals zu lesen steht.

»Mein Gatte Dietrich«, beginnt Frau Immendorff noch am selben Abend einen Brief an die Lehrerin, der sie glaubt, für ihr Diplom an der Handelsschule besonders verpflichtet zu sein und die sie vergeblich zur Taufe eingeladen hat:

Dietrich Ernst hat sich dem Gedanken an eine christliche Taufe lange widersetzt. Als Berufssoldat verhielt er sich nicht gottlos, er war eher auf Abstand eingestellt. Nach unserer Niederlage geriet er, wie ich Ihnen schon berichtete, in britische Gefangenschaft. Da er sich nichts hatte zuschulden kommen lassen, wurde er bald wieder freigelassen. Aber durch die Bekanntschaft mit einem Militärgeistlichen aus der britischen Kolonie Trinidad wurde mein Mann, wie die Leute hier spaßeshalber sagen, »umlackiert«, d.h. er suchte den Kontakt mit Männern, die das Heil nicht in anderen Männern, sondern in höheren Instanzen suchten, wenn das jetzt nicht zu frech ausgedrückt ist.

Dieser Geistliche aus Trinidad heißt übrigens mit Vornamen Caspar, seine Hautfarbe ist so schwarz wie der kostbare Mokka, der den Gästen nach der Zeremonie aus feinem Meißener Porzellan serviert wird. Trinidad bedeutet bekanntlich Dreifaltigkeit, was aber nur auf den ersten Blick erklärt, warum er heute in Begleitung von zwei anderen britischen Offizieren der Kirche in Bleckede, der kleinen Gemeinde an der Elbe, einen Besuch abstattet. Es ist knapp ein Jahr her, seitdem die zuständige Militärregierung für die Angehörigen der Truppe das Fraternisierungsgebot mit deutschen Kindern aufgehoben hat, doch von einer wirklichen Annäherung der Gefühle kann im Augenblick keine Rede sein. Auf der anderen Seite des Flusses, dort, wo die sowjetischen Truppen das Sagen haben, soll es dagegen beständig zu »völkerverbindenden« Aktionen zwischen der deutschen Jugend und den Besatzern kommen. Die Informationsdienste reden von gemeinsamen Ballspielen, Chorgesängen und Schnitzeljagden, deren ideologische Bedeutung auf keinen Fall unterschätzt werden dürfe.

Der örtliche Kommandant der Briten in Lüneburg, ein Offizier, der im Zivilleben als Assistent dem Erzbischof von Canterbury diente, hat daher Gegenaktionen entworfen, die auf eine Stärkung der christlichen Prägung gerade der »nachgeborenen deutschen Generation« zielen soll. Operativ wird hier ein besonderer Schwerpunkt auf »frühkindliche Verläufe« gelegt, wobei der christlichen Taufe eine vordringliche Bedeutung zukommt.

Die drei Offiziere haben ein Geschenk für den kleinen Jörg mitgebracht. In Braunschweig wurde unlängst ein Lager golden schimmernder Messingleuchter requiriert, deren ursprüngliche Bestimmung die Ausstattung von Weihefesten der Waffen-SS gewesen war. Durch geschicktes Punzieren gelang es einem gerade aus der Gefangenschaft entlassenen Waffenwart, die SS-Runen in ein Christos-Monogramm umzuwandeln. Das hat naturgemäß den Vorteil, diesen Leuchter für Taufen jeglicher christlichen Konfession benutzen zu können.

»A present from her gracious Majesty«, sagt nicht Caspar aus Trinidad, sondern der Sergeant neben ihm, der einen weißen Bart trägt und offenbar auf den Namen Melk hört.

»Man kann ruhig sagen, dass schon am Anfang eine Fälschung stand«, sagt Immendorff.

Dieser Offizier, den sie Melk nennen, hat zuvor wohl in Singapur gedient und ist mit asiatischen Religionen in Berührung gekommen. Er erzählte mir, dass Jörg nach chinesischer Berechnung im Jahr des Hölzernen Hahns zur Welt gekommen sei, was bedeutet, er würde tapfer, stolz und intelligent, den Rest habe ich mir nicht merken können. Dann hat er mir auch noch einen Lippenstift geschenkt, er konnte ja nicht wissen, dass Dietrich geschminkte Frauen verabscheut. »Eine deutsche Frau schminkt sich

nicht« gehört schließlich zu den von ihm noch nicht umla-
ckierten Grundsätzen.

»Ich habe in meinen Bildern übrigens nie Probleme mit
Frauen und Farben«, wirft Immendorff an dieser Stelle
der Erzählung ein, »und der Beuys, das habe ich später
in Shanghai herausbekommen, war natürlich, von denen aus astrologisch analysiert, auch nur ein Hahn.«
Superintendent Jacobi soll in seinen Erinnerungen festgehalten haben, dass ihn die Blutspritzer auf der Stirn
des kleinen Jörg an herabgerutschte Bockshörnchen er-
innerten. Verbürgt ist das allerdings nicht.

INHALT

Abschied 5

Heidelberg 15

Ratinger Hof 27

Atelier 39

Bühnenwerk 47

Schopenhauer 57

Nase und Markt 63

Zinnsoldaten 73

Shanghai 83

Il Sogno 93

Landgericht 105

Brennender Dornbusch 113

Event 125

Stammzellen 137

Die Taufe 147

Tilman Spengler, geboren 1947 in Oberhausen, promovierter Sinologe, Kunstkenner, dreißig Jahre lang Herausgeber des »Kursbuch«, Dokumentarfilmer und Autor zahlreicher Bücher wie etwa *Lenins Hirn*, *Der Maler von Peking* und *Wenn Männer sich verheben*, verband eine lange Freundschaft mit Jörg Immendorff.

MIX
Papier aus verantwor-
tungsvollen Quellen
FSC® C083411
www.fsc.org

© Berlin Verlag in der Piper Verlag GmbH, München / Berlin 2015
Alle Rechte vorbehalten
Umschlaggestaltung: ZERO Werbeagentur, München
unter Verwendung einer Zeichnung von Jörg Immendorff
© Frontispiz: Jim Rakete, 2004
Typografie: Birgit Thiel, Berlin
Gesetzt aus der Galliard und der Avenier von Fagott Ffm
Durck und Bindung: CPI books GmbH, Leck
Printed in Germany
ISBN 978-3-8270-1295-1

www.berlinverlag.de